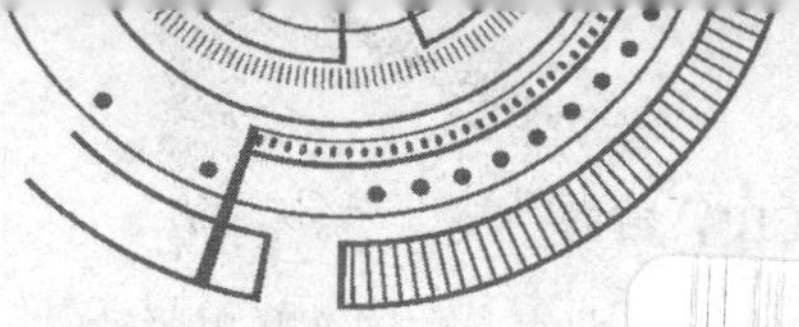

世上行

周念科◎著

中国文联出版社

图书在版编目（CIP）数据

世上行 / 周念科著. --北京：中国文联出版社，2020.2（2023.1 重印）

ISBN 978-7-5190-4295-0

Ⅰ.①世… Ⅱ.①周… Ⅲ.①诗体小说—中国—当代 Ⅳ.①I227.3

中国版本图书馆 CIP 数据核字（2020）第 025301 号

著　　者　周念科
责任编辑　卞正兰
责任校对　赵海霞
装帧设计　中联华文

出版发行　中国文联出版社有限公司
地　　址　北京市朝阳区农展馆南里 10 号　　邮编　100125
电　　话　010-85923025（发行部）　85923091（总编室）
经　　销　全国新华书店等
印　　刷　三河市华东印刷有限公司

开　　本　650 毫米×920 毫米　1/16
印　　张　27.25
字　　数　256 千字
版　　次　2023 年 1 月第 1 版第 2 次印刷
定　　价　95.00 元

诗宣言

海山

大千世界，气象纷纭，绚彩多姿。览观艺术瑰宝，诗歌如塔尖上的夺目之珠。

灵性的美妙的理性的诗歌可谓世界的奇花异葩，千百年来，在尘世中向人类呈示缤纷之美。

好的诗歌如明耀的眼睛，受灵光的导引，诗的歌者带着几许敏锐，带着几许惊讶，带着非凡的善心，以火的温度、宽厚的胸膛拥抱宇宙、大地与人类。

真的诗歌是人类的梦寐憩园，是人类的复乐园，其间妙妙时光、明媚光芒、深邃蓝空、宁静之原，抑或挺拔苍松、烂漫山花、陡峭云崖，莫不令人流连忘返……在更远更远处，可以引人眺望雄壮的大江，攀缘巍峨的巨峰。

好的诗歌所感予人的若百灵鸟掠过广袤的原野，俯视茂密的森林，向着遥远的天际自由地飞翔。

诗谓美的国度，美的集大成。诗之美唯艺术与感性而衡度。诗之真品纯如皎玉。

好的诗歌是语言的精华，予人欢快，予人鼓舞，予人思索，予人跃进。而她是应当有着灵动的语言、灵性的跳跃的节奏，韵应当不可失却。

好的诗歌需要肥沃的土壤，需要阳光、雨露的滋润；清明的社会氛围宜应先备。

好的诗人是挚诚的、沉静的、至善的，无不闪耀着美的灵感之光！

诗人！平和的眼睛许隐着忧悒，许透过眼的润雾的朦胧，将整颗的心去拥抱世界。

好的诗人心灵永是青春的、血性的，敞着柔的膛怀，显着忍的意志。好的诗人是倔强不可束的。

好的诗人是吹鼓手，是人类美德、良知、自由的倡导者、维护者与播种者。

社会与时代永远赋予诗人庄严的使命：唤起人文与人性，追求光明与真理，鞭挞黑暗与堕落！

诗人啊！愿你的理性的精神、至善的心灵、你的明眸捕捉彰扬一切灵性、美德与善物。

世界呼唤千百个真正的撼动人类心灵的伟大的诗人。

让美的诗歌在人类世界、在浩瀚长空生长矫健的翅膀吧！

《世上行》序

丁慨然

海山，原名周念科，自称湖湘人士，他所著《世上行》，乃是一部诗体小说。全诗四百零三首。作品情调高雅，语言灵动凝练，抒情豪放优美，情节引人入胜，具有开创性艺术魅力，闪烁着爱国主义、人文主义、理想主义的光芒。就如同作者本人所说的一样：社会与时代永远赋予诗人庄严的使命。而这本《世上行》，不失为周念科担起诗人脊梁的作品。

作者截取了祖国建设的几个有代表性的场景。在“劳动之歌”当中，作者选取了王胜虎、刘志根等筑路工人为例子，他们当中有的正直壮年，有的已生华发，但都全心全力投入修筑康庄大道的事业中，这是几代人的梦想，今日终得以实现，而这都是新的生产方式的力量。这条路，更带来了商业、工厂和财富繁荣。

接下来的“人生吟调”“边疆之歌”，则是作者像一位睿智老者在耳边娓娓道来社会变迁，用纸和笔写下了他所在的这片土地从荒芜迷蒙变得生机勃勃，这里有新疆开发建设的友谊，忙碌的田野，崭新的校舍。作者用深情的语言怀念了那段艰难的创业时光，生动地描述了各个方面的变化，从燃油时代到水力发电，赞颂了各民族男女的平静祥和，一幅清明的社会主义图卷。

在“访传贵”中，作者以传贵的水泥厂的变迁，以小见大展现时代风貌。传贵之所以能够成功，在于他根植于群众当中，倾听群众的声音，团结群众的力量。一人之力是渺小的，聚众之力则能移海填山。

除了为社会主义奉献的劳动人民，还有干个体的卖书姑娘。作者塑造了一个职业虽然平凡，但是甘于平凡，可以在平凡里闪光的淳朴姑娘。“三百六十行，行行出状元”是不错，但是更重要的是，先进这种与金钱无关的纯真已然难寻。“生命的价值在于展示自我”，卖书姑娘的价值在于守住家中的书摊，守住心中的安宁之地，并且为像作者这样的爱书之人，提供在街角巷尾的惊喜与感动，这难道不是一种人生的要义吗？而卖书姑娘在国家倡导创业之时，毅然响应，轰轰烈烈干起一番事业，也让人为她的果断与勇敢动容。时代精神是群众塑造的，国家的繁荣昌盛也是属于人民大众的，国家需要这种勇于献出自己青春与热血的人，不断地投入新的建设中。不论是像筑路工人一样的劳动者，还是像卖花姑娘一般的个体劳动者，在中华人民共和国的发展史上，都有他们用汗水铸刻的名字。

最让我惊喜的是，作者不光描绘城市图景，更着眼于中国乡村的变化。这种乡土情怀，在现代社会是难能可贵的。城市与乡村，是两种看似对立，但实则是互通互融的、并生共存的社会组织形式。在急剧城市化的今天，乡土情怀不可避免地在被城市精神吞噬。世界上有一半的人都居住在城市里，城市也是人类财富的集中地，中国的城市化在超过世界平均水平之后，一路高歌猛进。乡土情怀，在这时更是应该被重视的地方。在中国的国家文化和时代精神中，乡土文化有其独特的地位。中国从古代开始，就是以男耕女织的小农经济维持着社会稳定，到了近代，这种封建经济开始解体，被工业文明取代，但是在耕地上流汗的人民依然不减。他们的智慧与精神，是吃苦耐劳的中华民族精神的不可或缺的一部分。农村的发展，是中国社会发展的重要课题。可以从作者的诗作中看出，这也是他的关注重点。乡村的店铺林立，繁荣街景，人民的小康生活，跨国贸易，农村创业，等等，都让农村旧貌换新颜。"石造明"一章，充满了他乡遇故知的复杂情感，颇有"十年离乱后，长大一相逢。问姓惊初见，称名忆旧容"的唏嘘之感。但在与石造明的相遇，并没有这些诗中的凄凉清苦与命运的压迫感，在新社会的相遇，是个"喜相逢"。

"人生咏调"极尽赞美作为万物之灵的人类，充满着浪漫主义与人文主义色彩。"江河颂"则洋溢着作者对祖国山河的极致豪放赞美之情。而"泰山之歌"以小剧场描叙创业创造获得幸福价值的同时，隐喻祖国和中华文明如泰山巍峨，正是"东方之脊，神采昭昭。"，表露了作者浓郁的爱国主义情怀。"憧憬"一章，则是周念科思考过去，仰观未来后，归结的思想结晶。这一章与前边诸章相比，语言更加抽象，但是思想上也凝练到了另一层面，可以算得上这本书的有力的收尾。

《世上行》格式整一蕴含音韵，全书6448行诗歌均以八句为一组，十六句为一节，每八句均按ABABABCC组韵，极大地增强了诗歌的艺术魅力。《世上行》全书语言的表达于朴素中见其优美灵动，作者且对诗歌的各种语言作出了宝贵的探索。

纵观这本《世上行》，就如周念科自己所说，这是“一部深情描绘社会与改革开放时代的创业史”，亦是“一部爱国主义、人文主义、理想主义的史诗”。这里有作者的亲身经历，有作为见证人的所见所闻，把中国的发展史在一本书的篇幅中向读者展示，这是十分难得的。这本诗集角度的选取，也体现了周念科心系社会民生的诗人情怀。综合而论，《世上行》以其思想情怀和艺术力在我国同类长篇诗歌小说中将占有显著的位置。

我比周念科年长一些，是他的老乡，一湖之隔，亲情乡情可融也。在今年的新国风诗人节上，我第一次见到了周念科，他仍是青年，在诗歌之路上多有精进的潜力。这篇序是写给周念科的，更是写给更多热爱诗歌的年轻诗人的，未来是你们的。现在的社会与三十年前，甚至二十年前比起来，都给了年轻人更多的诱惑。对于诗人来说，更多人选择沉浸在了“小我”的怪圈里，眼里只有自己的事业、生活与银行里的存款，选择性地忽视了周围的“大世界、大社会”，两耳不闻窗外事，缺少社会视野和家国情怀。这对于一个文艺工作者来说，是不可取的，并且对于个人的诗歌发展事业也是不利的。

愿“大世界、大社会”的社会视野和家国情怀成为文艺工作者特别是爱国诗人的旗帜！

目 录

岁月之歌

序首

一

一日某与主人莅临现实，互信不疑，
天清气朗，广宇风华；
万般物类，生生不息；
过去、现实、未来中思绪苦炸；
走向故园，走向生活与美丽，
莞尔一视火云，朝前继续走下。
期后与人们叙述奇遇，
欲作行善布仁矢志不渝。

请对人们说道：壮哉！生活！
请赞美美丽的国度、美丽的城乡！
请赞美日神与金色的劳动之果！
请赞美蓬勃与生机，宛如世界之宝藏！
请赞美公平与正义，诅咒堕落！
请赞美光明啊，无声的歌者万世无疆！
请赞美新生啊，佑护真美善！
请赞美青春啊，同宇宙之春天！

二

主人道：你使我入迷！
我赞同你，共有思想。
夜深了，竟非我们知悉。
孩子已酣睡，主人谈兴旺，
暖屋之中心游畅亮。
我安卧至清晨，晨光拂荡。
主人招呼我：客人，你自由走走，
趁时光，我们掘地田头。

我看得到掘地的农夫，
挥舞银锄，融入原野。
我的淙淙的心流奔入低谷，
冲荡泛滥，似大堤决，
又仿觉时空旋转，未知劳苦，
在颂赞宝土、工人、农夫，在欢跃。
我走上前去，招呼我的主人，
请让我一道将土地耕耘。

三

好像是中原，辽阔的土地，
好像是江滨，起伏些丘陵，
好像处处凡中寓奇，
明镜嵌原野，春风沃土侵。
我走去，主人们躬身未起，
似掀动经久的热情。
须臾，我近前道：辛劳！辛劳！
主人招呼我：嘿，快活，瞧瞧！

我端视黝黑的泥土，
千万年自然漾起的悠波，
千万年恰使之长青、复苏，
生长林草，或庄稼，任意众多。
土地！踏着备觉牢固。
哦，心田仿佛卓立巨佛，
众生所仰，恰若一座丰碑，
众生所感，形态巍巍。

四

即刻，我与主人一起劳动，
彼此间漾起欢声笑语，
掘地声、鸟声、微风声入耳匆匆，
铁与大地撞击，隐隐似生微曙。
美在撞击间暗生，大地在包容，
一种心，一种力，向其射注，
在结合、在对颂生与永恒，
在结合、在交融真与诚恳。

汗珠从额角相继淌下，
晶莹生自躯体，旋风化尽；
像露在叶上为自然力播发。
我的心在颤动，随大地生情；
自然与人像两匹骏马同驾，
向前！向前！行进！行进！
主人，这片和谐属于你们，
让我们一道将此分享！

五

我的肺腑似被燃烧，
这里，野旷土地之上，
亘古息壤，地覆天翻，
开掘拓荒，然后播种匆忙，
顺应时令，横跨季节板桥。
此时，霞光满天，四野覆盖明亮，
我便想起昨夜桃园人，
吸引我，幻过情景纷纷。

我手揣一撮泥土归来，
路上行人络绎不绝。
忽然叮咚之声像昨夜音带，
向我轻袭，新鲜悦耳，
像铁锤击砧，火花炸开，
予我一次次震觉。
主人，她来自何处？竟是什么？
我轻言相问，倾听复获。

六

新世纪的工厂，新世纪的做工，
新世纪的声音划破天帘，
崭新的机械，新式的效用，
新式的技艺似飞箭！
新世纪的声音无懈呈送，
繁荣酝酿，试有新式的起点。
焕然一新的工人抖擞精神，
新世纪的地球明日冉冉而升。

新世纪的形象，新世纪的实证，
新世界的创造日奔千里！
崭新的岁月独立驰奔，
像骏马一匹，擎一面大旗。
新世纪的声音响彻灵魂，
崭新的精神蒙受洗礼。
新世纪的创造崭新式貌，
新世纪的精神日月辉耀。

七

新世纪之音引我荡气回肠，
我倾听主人所述，燃起企盼。
声音竟隔多远？不妨行走一趟。
主人，请让我自寻，随心所愿。
我蒙其嘱咐，贵客回时适当。
几些惦念，印象难变。
我循声而去，有时走着小弄，
穿行稠居、繁华之中。

小弄居屋多为青堂瓦舍，
小楼偶耸，新颖别致。
环境清雅，偶喧声相结，
衣物素雅，掠晒可知。
鸡犬相走，嬉戏自得，
随从我走远，是否相思？
我止住步，唤它们回去，
像明白我意，它们遂不跟入。

八

仿佛城乡交融，此处已无田园，
民居厅堂鳞次栉比。
高高电杆密结电线，
站得高高，似不可比，
纵横延伸，四处相连。
哦，我面前现一座高山，闹区靠倚。
昨夜，我所听歌声恐此处生，
我的心灵无名再被荡震。

“叮当”“叮当”，现时听到尤为清亮，
附近定然有人正在做工。
这里，古木卓立，我须绕过老樟，
巍峨树形插入天空，
躯干枝叶荫蔽一方，
我的视线不时相耸。
须臾，高大厂房现露，
我的神思若被收俘。

九

庞然的厂房，新世纪的创造！
我的脚步不禁徐徐行近。
沿途鲜花栽种，灌木翠姣，
皆驱使我一种本能，将心照临。
厂房之门宽大高挑，
罩住视线，我愈难平静。
“叮当”“叮当”，一支悠悠的歌曲，
我侧耳倾听，几倍专著。

我隐隐看到新式的机车飞轮，
旋转加速，迅猛转式，
像被何带动，将何而争。
隐隐看到一位年长技师，
携一名青年，操作流程，
指点机械，谈又略思。
一件件物品满地堆积，
更多的悉心做工，意气风发。

十

我隐隐看着一个年轻的小伙，
抡起大锤，惊动了空间。
他注目火花，将光芒捕捉，
一种音调包藏一片诚念，
俱作融合，漾起悠波。
我的心湖动荡，多有波泛，
卷起春之风，似在心湖深处，
我被抚摸，来自温柔无形之曲。

须臾，我隐隐听到呼语：去吧！
谁在耳语？至为亲近。
我满腹眷慕，轻轻走下。
稍后我遇到一对青年，热情交谈。
新式的工厂，巍然的大厦，
彼此在此第一次相迎。
众者集聚，欲有所作，
大家齐附，造花生果。

十一

一位青年道：这里原本寂寞荒芜，
静静的原野，沉寂的山丘，
人迹罕至，绝无道途，
只是常听到鸟儿啁啾。
不错，造物的世界，自由无阻！
它们自由歌唱无休。
然而人参与了它们生活，
它们显得尤为活泼。

几世纪之前，这里落入几户人家，
远道而来，耕耘播种；
辟地植果，筑屋住下；
邻里相处，和睦相融；
昼耕夜织，幸福生发；
桃园花艳，清溪泻涌。
很久了，足迹留痕宁静时光，
大地上铭刻，空际间流淌。

十二

路，走出来了，田野碧绿起来了，
路，四通八达，远远延伸。
田野绿了黄，谷子又催芽，
桃园结了果，压满枝沉沉。
季节在歌唱，汗水育鲜花。
歌唱劳动、丰收之兴盛。
外人被吸引，迁徙而至，
劳作生息，共度和平时世。

交流始发于集市，
劳动之余，此处徜徉为荣。
界外音信若潮涌至。
若干年头，街市店铺相拥。
若初至当惜以来迟。
眼被引摄，心被震动。
试想定然人人踵接不息，
东西言语融通熟悉。

十三

你想，渐渐是有了作坊，
改进的工具，不止的转动，
一日做工，两班三制，明规蹈章；
三个五个，一致与共，
何时竟诞生了新式的工厂，
完备的机械、谨严制度种种；
迥然发展图景壮观，
一旦出现势若电闪。

悠久的时光将众多传说包裹，
美丽的足迹恰似永恒。
我看见了诸身影游移，心渴慕，
我看不清晰幻影之人。
然而神心只想将此景领略，
料想她何等焦渴，我的同人。
现在，我的心绪分散，喉咙发痒，
我只想趁此一番歌唱。

十四

我倾听着青年的谈论，
情思似一时不再附身，
飞游了一个自由之国。
我仿佛听到鼎沸的人声、叫卖声，
瞧见熙熙的人群擦肩走过。
北国的红果、核桃、红枣、人参、
麦面、玉米、土豆、高粱，
产于中原、塞上、东北，抑或西疆。

南国呢，甘庶、杧果、橘橙、荔枝，
南国呢，稻米、鲜鱼、精美的木竹制品；
以及珍珠、白银，景德镇、醴陵的陶瓷；
北国呢，有各式皮件、白棉晶莹；
南国呢，有四令布匹、烟花、莲子；
北国呢，有毛毯、香油、黄金。
各式钟表、电器、珠宝，产地难辨。
我诸个感官活跃若火炸燃。

十五

青年们忽见听众，好似心迹表露：
结伴自外城而来，夙愿已久！
嗬，所见遂意，事业蒸蒸；
人际和睦，成功无阻；
心似阳春的柔波漾起哗声，
时时多动听，且多谙熟。
眼界一再拓展，心若旷原，
灿烂的阳光照射晴朗之天。

青年们此间相遇至兴，
众多知识向我灌输。
我若领略一个圣地，备生热情；
我被波光冲击，被沐浴，
乃是清明、圣明、神明，
乃是时光之箭落入心之深谷；
我的眼，我的鼻，我的耳，我的全身，
俱移入异域，被吸引深深。

十六

年轻的朋友，我的路途正远，再会！
希望之火于心中点明，
热情之火燃烧，火点飘飞，
璀璨之光极远烁迎。
我不知走入何处，唯识方位，
但见一条长街，摊点紧邻，
物质众多，状极繁华，
大千世界，像是一家。

果然街市音不绝于耳，
东南西北尽皆有之；
老者携幼，悠然自得；
少年妇人行走缓迟；
男子在此似无他别。
流连、赏观、选择，美哉，自由之市！
劳动在此交换，自由充分。
眼神若光波，泛荡一至真。

十七

让我再观繁华之景，
处处之异象，引我时驻步。
江南之衣物，北国之时新，
至美服装错落如图，
一排排，一叠叠，铺满店厅，
新潮旧款，陌生与熟；
摊位排列，紧紧相挨，
百货食杂，沿道摆开。

五味皆有，鲜果、蔬菜、杂食，
布排摊摊，等候光临。
录音唱片堪风靡一时，
彩色电视更替黑白机时新。
书摊报刊彩装于斯，
爱不释手者面呈恬静。
日常之物吸引人群接踵，
物美价廉，华夏正宗。

十八

人们纷纷身朝街奔，
我犹如徜徉缤纷之地，眼花缭乱，
有着心语：赤心热诚；
有着心语：平等相间；
有着心语：时光必争。
这里像是交融现实的梦幻，
这里，比梦更甜、更美、更蕴色彩，
这里，是天堂在地上安排。

大约我在此逗留两个时辰，
时光从我的脚上默默流过，
从我的眼中飘走，从手中消遁，
但是光神导者依将我管捉。
我目睹了我的师友，天中真影一尊，
像日，像人形，像圣者变幻着，
照明在我的心间，给我导引。
我走着向前，情不自禁。

十九

我隐隐地听到了呼唤：梦幻东方！
我应当行走，继续巡游。
走过一道街巷，又一道长廊，
即是一个村居，记忆中原有。
我轻轻地走着，正如轻轻逸想，
侧面则可瞧着春的派头。
春风生起，拂荡大地，
我的温柔的梦随之卷集。

春间的曙光金银一场，
叶上照耀着，泛动着，甚是新鲜，
一种活能交融万物之上，
催育生命蓓蕾与纷花无限。
我欲吻着生命的颈脖，定温馨难当，
只是看着也好，击动心弦。
我欲离走，又欲长长偎依，
心绪之箭被绳索拴得不离。

二十

一缕强光落入我的眼眸，
从隐处源源地发散，
经久不息，像夜间月亮跟走，
波动着，向四周索探，
强烈的光芒由于一个源头。
光芒，格外地灿烂；
光芒，自生的万千的光芒；
光芒，源于昼空中夺目的太阳！

她是什么？是否一颗珍珠？
埋于浅土，隐于草丛？
纵然细小，当不能疏忽。
纵然隐没，当有余光发动。
下击黯暗，未觉涩苦；
上及高天，气势雄雄。
光芒，耀眼的灿烂的光芒！
光芒，暖热着生灵的心肠！

二十一

不错，一枚精致的珍奇，
引诱我的神思驰骋，
光芒颤动着，颤动我的身体！
光芒闪耀着，闪耀我的神思！
像招拢云霞，留下痕迹；
像造出网，布满了丝。
珍珠，它的力量，它的能度，
像个太阳，光芒行游。
我长久地被那灼热光点击中，
无可忘却动心的形象。
像破地飞至我的眼孔，
是天赐？是自生？竟这等明晃。
是否可以永恒？永不消融。
是否可以永恒？久久长亮。
无明之夜竟将行途照引，
黯淡之夜指点迷津。

劳动之歌

二十二

我一朝发现，业已告别主人，
桃园人迄今未见，
主人当自由自在把土地开垦。
桃园人依旧悠然，
仿佛凑着热闹，把故事谈论，
仿佛悦目宽怀，将美景赏观。
大伙儿村庄里共度平静，
共处怡享开心。

徜徉在宽阔的大街，
机车来往，鸣声悠然。
我行进着，怀想我的导者，
他散予一种力量，隐隐注入心田。
我遂不觉疲倦，像那车儿；
像那车儿飞奔遥远。
我审视着我，从下至上，
我的思维似轻微震动作响。

四十三

我继续行程，未中止前进，
已是午后，太阳仍当天中，
灼热我的头与眼睛。
一道缓弯后展示一片野空，
一队筑路工劳动起劲，
“叮叮当当”，声音四际传送。
有工人爬上高壁，
斗着岩石，搏着体力。

任风吹向自己的面胸，
有搬石者震响地面，
有担畚箕者行走匆匆，
个个相接，似有鞭策。
气氛热烈，和谐交融，
欢声笑语传开不断。
筑着道，拓着路，车儿跑，
可料未来人们纵意逍遥。

二十四

他唤王胜虎，筑路人一个。
年纪刚二十，的确硬小汉；
个头居中游，一副铁胳膊；
衣着装简朴，面貌静以恬；
神情至专一，笑若一红果；
随行于大伙，誓将困难搬；
奔忙以务实，无怨以任劳；
唱起号子歌，确将理性找。

热情冲天起，心潮波涌翻。
日流浑身汗，全然概不顾。
一心系村庄，一心系路班。
两心紧依连，连为一画图。
唯图多出力，哺育之恩还。
唯图洒热汗，美景齐绘出。
成败万千事，理素在乎人。
步步踩实地，凡事终归成。

二十五

他问我何来，我言远乡来。
欲要探奇胜，试将要义寻。
他道贵宾来，眼界定将开，
山道已不见，换为一坦平。
群众合大喜，赞道可称怀。
人力原无穷，战则堪胜赢。
今日拓开道，愿有新造化。
人在此行走，身心俱觉佳。

一撮撮泥石，生脚注地搬。
一缕缕希望，自由而飘舞；
化为彩色虹，悬挂于天边。
劳动为一心，终是不觉苦。
劳动造新果，地覆而天翻。
劳动融自然，和谐共万古。
劳动与幸福，同根而共生。
劳动且为乐，锻造光明魂。

二十六

小伙之情浪，随而愈高昂。
面呈红润色，憨厚掺坚毅。
他言一月去，工程大步上；
大道宽且平，迎向旷原里；
当然未休止，建设新家乡；
增添美环境，幸福来开辟。
建造平坦道，挥洒遍热汗。
万事脚下行，自奈挑重担。

忆起往昔时，鄙陋甚难看。
山高况路远，为虎且作伥。
前辈意愿坚，策谋陡道变。
不管冰寒日，凿石移山荒。
不管艰与难，消融于信念。
日光倏飞去，飞出新图样。
蓓蕾结为果，沐浴光雨露。
缺一而不可，岂有异心图。

二十七

忆昔我前辈，历阅几十载。
开山又凿渠，拦坝筑水库。
千军连万马，齐造大气派。
地撼山岳摇，万声一齐呼。
扎驻结阵营，遍布工营寨。
彩旗飘飘扬，荡空势无阻。
空气何骀荡，心绪何快悠。
雁鸿长飞至，旋舞似无休。

今岁复明岁，面貌俱已非。
纵横之阡陌，统领于绰道。
连与城乡间，车儿似如飞。
宁静蕴繁荣，其间日朗照。
一泥与一石，一木与蔷薇。
显呈新精神，畅然亦艳姣。
源远长流水，品之可生情。
谨将往昔事，直向尔汝倾。

二十八

他唤刘志根，路班中一人。
今年四十八，略可见华发；
满面傲霜貌，一道皱纹深；
伊始自筑道，直干不退下；
精神称豪爽，对话欢谐蹦；
行动至大度，险难一手抓。
日日有所进，日日有所变；
日日长气志，日日苦嚼甜。

大刀且阔斧，勾画新图景。
情绪见高涨，语调趋激越。
愚公移山事，当易属如今。
高山化通途，大海水开裂。
人志似如铁，最可顶千斤。
拓出一坦道，通至日星月。
险困脚下踩，春意屡称怀。
贺此新天地，时光永不再。

二十九

他唤李承青，年纪约三十，
独在道一边，数把我呼告。
我情实难禁，向他作行驰。
入他深心中，隐秘方可晓。
一辈筑路工，心愿此最是。
勤恳洒热汗，幸福可倚靠。
光阴荏苒下，步步踏前程。
求全虔诚意，苦心万事成。

春已至人间，大地发光华。
心境生百花，灿烂一锦绣。
万木青葱色，浴目暗自佳。
我似在此间，领略一协奏。
我似在此间，快步觅芳华。
我似在此间，实践无止休。
愉乐寓劳作，苦累皆可抛。
逾越今时光，前景似春早。

三十

我全神感悟真意快语，
虔诚端望劳动的人们。
我忠于我的心神所倾诉，
心波翻动，剧烈荡震。
我似看到夜遁之后一片霞曙，
眼帘颤着，仿佛美景续奔。
坦道、红果、热汗、音容，
串结一道超俗之龙。

美丽的红果呀，快要缀枝。
宽之坦道呀，快要畅通。
我的心上呀，布着柔丝。
我的心上呀，温馨浓浓。
一条坦道缀着春意而至，
奔驰，奔驰，心物融融。
美丽的记忆——现时——未来，
一双手安排，让鲜花常开！

三十二

这片景致走不出我的慕思，
坦道在心中延伸，
智慧勤劳之人造出果实。
春之大地流淌一曲曲歌声，
仿佛和谐，仿佛畅意，
仿佛无弦之琴纯音明分。
瞧着坦道直通向天外，
竖直一座丰碑高连天。

谐音相继鼓入耳际，
脚步声声，碰击着道面。
无论我走入国度哪里，哪里，
无论我的神思怎的似箭，
无论环境变迁如何迥异，
无论情绪怎的浪涌波翻，
我的全身心终在聆听——
自然界的一片生命的造音！

三十二

行去不久，路旁正立一所屋子，
一位守护者——一位老人，
静静端坐，独自沉思，
仿佛静止，偶动作迟钝。
窗外春意正浓，是否想入痴？
一个哲思播扬春之声，
春意荡漾号子，水乳交融，
心灵飞过绿意盎然的山冲。

老者想着什么？像一座雕塑。
回忆往昔时光？是否眷念时时？
走过的日子有磨炼与蹉跎，
走过的路不止千万里。
一阵狂涛似掀动心舵。
老者站起身，向门前走至，
端现利索，力自天降，
像去放目现实的天堂。

三十三

旋间老者瞧见我，流露兴情，
邀我进来，称呼叙话。
“稀客”“稀客”，寒暄恐有失敬，
恐晤面之中失却豪侠。
他顿生思意，谈起工地情景，
畅通工程福祉大家。
喏，合心合力团结起，
群心众志换天地。

一条坦道，几代人梦想，
凿道寻便，凿道共行。
凿一条康庄大道，坦阔辉煌。
几辈汗水浇灌树木欣欣。
大伙齐声呼唤，地动山撼气荡，
呼声里迸发巨劲。
劳动生活中度过才不悔，
一辈辈应有所为。

三十四

瞧，老者偶摆动手势，
一股暖流心底流淌，
搏动胸房，拨动了神思。
神速的变迁，崭新的景象，
火热的激情，不懈的意志，
汇为熔炉甚雄壮。
羊肠成通途，原野换新颜；
大地传颂歌，万物显愉欢。

老者道：大道通至远方，
延伸喏延伸，无终止。
朋友，这里车如飞，人如流，争辉煌，
千军万马，争取幸福日子。
这里好一派地道田园风光，
大地竞美，旧景飞逝。
多少人守护着职责与使命，
千百变更，万象呈新。

三十五

老者续谈，舒缓口气，
介绍道，那时一个陡崖伴踞路道，
望崖兴叹，忧惊未已；
岁岁月月莫谈逍遥，
乡亲攀崖履坡地，
脚磨生茧，汗雨落地浇；
视线遮断了，弱不了志向，
志气磨不掉，旗帜风中扬。

那一日，打响了战斗，
犹若新生了一个希望，
千家万户上阵，号子响溜溜。
耀亮星辰升天堂，
大众幸福水奔流。
山削矮，崖石填没沟塘，
人心凝结如钢铁，
劳动生活里任性放歌。

三十六

一时间，歌声满天飞，锣鼓喧响，
乡邻情绪洋溢涨至顶；
少儿来助兴亦来学样，
成群结队，歌舞莫不尽兴；
小小宣传队，力量超高强，
翻动人心田，壮威生豪情。
活跃的形象，活跃的分子，
每当出现撩情思。

日日劳作，劳作岂论匆忙，
精神则爽快，频频换新。
劳动协作，共添好风光；
改天换地，换一新美景。
叮叮当，号子响，心火旺，
彩旗猎猎乘风迎。
顽石搬家，坡岩让路，
千锤百凿，山变通途。

三十七

嚯！巨石化为碎尘沫，
火花飘溅焕光明，
晶光灿烂，星点何多。
像一个力源把心照引，
前进！前进！号子四处飘落，
路途延伸，汗雨纷洒不停。
鼓气者，苦干者，哪管默默无闻，
挥着手，抡着锤，百般认真。

一条康庄大道，胜利的骄傲，
劳动智慧创造美好明天。
听！号子歌声扬得高高，
听！纵声欢乐腾掀。
一切困厄将要遁逃，
山体移平，填造了田园。
道路相通，心连了心，
朗朗的阳光恰似温馨。

三十八

我浮想着家乡当有此景，
新造的大道卧在平坦的原野，
像一条巨龙欲飞行。
田园好耕耘，棋盘方格，
低矮的丘陵山色青青。
栽植的新苗茁长未歇，
欢歌时在原野回荡，
千户万家幸福如常。

新式的工厂道旁崛起，
崭新的机械迅速旋转，
电光、火苗、造音经久不息；
迅捷的创造，可再的生产，
绚丽多姿，不乏精美罕奇；
店铺如繁星，日夜明露现。
美丽！美丽！奇真的景观；
与自然同等，展示人间。

三十九

哦，我的故乡，蕴藏春的生机，
光亮之路盛放鲜花，
百花齐放合着欢喜，
自然新鲜，朵朵若精美之厦。
万物蓬勃，争奇斗异，
和谐畅快，且有流水哗哗，
空际洋溢馥郁芬芳，
大地沉浸殊氛梦乡。

我的情绪愈觉不能自控。
哦，故乡的时令同属一春，
自然同与精神竞相交融。
各个运转，照常如遵；
歌声生起，飘荡天空。
一种分子复合，气氛真淳，
运动万物与崇高思维——
发生着光温，本质如翡翠。

四十

朋友！我的心翻动着，您当否清楚？
我向他讲述那遥远之乡，
这里，热烈足以使我感触，
我欲久留，但只是神想。
天色不早，果然我获邀下居。
旅行者不枉相聚一场。
今宵再将各事倾谈，
此际橙红夕阳挂在西天。

看不到收工的人群，只稀有行人。
劳动正是起劲！将什么夺取？
生命是什么？光阴来织成！
似一条长河存在殊有意义，
岂容奢望玷污其身！
劳动至光荣，团结为一体。
生命之运动，纯洁其本质；
增进其体魄，实现其远志。

四十一

我默然，老者忽起沉思，
极像勾起对往昔回首。
嗯，走过的年月千般万日，
一程一程，每步好将人诱，
或平坦、崎岖，亦存高山险石，
千百条路延伸岂有尽头。
一条阳光正道供我们辨选，
借此渡过艰辛，跨过栏栅。

我独自感触，仿佛阳光温暖着、导引着灵神，
黑夜即使来临，非能黯淡明亮之心。
群体相聚，像千万盏灯；
奉献汗水，渐高涨热情；
宽阔精神大道可自由行奔；
鲜亮的旗帜时而招迎。
心连了心，手挽了手，春归人间；
前路拓伸，面貌换了新颜。

四十二

老者道：往事如烟，回味美呢！
我点头。嗯，新生的生命自由茁长，
开拓、大胆、诚恳、热烈，
广施真善美，人心齐归向。
心是生活的支柱！对的。
有所寄托，真理予以弘扬。
共同生活，舒坦信心，
共同劳动，实则温馨。

集体瞩望团结，团结即是力量，
这样的旗帜放弃还是高擎？！
曾交织矛盾，面临失败抑希望；
但心头的光焰熊熊飘进。
梯田一层层，脚步大跨上，
秧歌声儿起，又将报一春。
轰然的机械响入乡村里，
大道之上见出片片奇异。

四十三

老者接而道：年青时代好时光，
热情足，心力盛，
敢作敢为，敢作敢当。
我贺道：一个呼声，百样认真，
劳动、生活、学习，自由弛张，
心头火热，脚步声声。
自有心语：满面春风向阳歌，
像初升之日普散光热。

年轻的朋友齐相聚，
百花怒放心相连。
朝气蓬勃，青春常驻。
放目四际，拥抱春天。
自由的空际，自由地出入，
洒遍热汗，幸福洋溢心田。
韶华，灿烂的火热的时代，
欣欣向荣，自豪称怀。

四十四

我时时地回忆往昔，
漫长的道途，艰难的历程，
浴过兵戈炮火，寄托和平希冀，
几番分别苦，渴求统一功成。
众心情系山河——千里万里，
眺望兴盛、繁荣、平等。
美好的日子终将来临，
祖国前途把握于人民。

冲天干劲迸发出来，
大干快上，去力争上游；
平等合作，百花盛开。
历史的发展有其必由。
大家齐心笃志，众人来拾柴，
经济步步上，生活高处走。
斗困难，走崎岖，万难不辞，
铁的巨人们不移意志。

四十五

我的心仿佛变得年轻，
祖国昌盛，人民安居乐业，
时代变迁，社会前进。
我的心是何等真诚热烈，
时而飞向远方，飞向极顶；
时而飞至田园，飞入都城广野；
时而好似听到悠扬的歌子，
此起彼伏，四下逸至。

我亲视着无比的灿烂辉煌，
坦的道、新的厂、绿的禾。
心灵的窗口披着金芒，
心电在闪烁，心口似焦渴。
一幅妙图描画，处处溢着芳香。
我们握着柄杖，凿石斧錾，
剧烈震动着——全体的身心，
现实的日子花开花迎！

四十六

我们呼唤着伟大的岁月，
倏然时光如飞，车轮向前。
一个响亮声音极尽快乐，
巨大之音回旋空阔之间。
巨大形象何其气魄，
手扬起，挥动着，金光四闪。
广大群山一日沸腾开了，
高兴的鸟儿唱出了心话。

记得那日那景，欢雀声盈天，
难忘的时刻，幸福的时刻，
天空划出彩虹，太阳难眠。
夜间，有一轮皓月，
众心紧贴着皓月之边，
双手似要将什么金果采撷。
难忘的日子，幸福的日子，
长此未忘，永以明志。

四十七

心言翻动了衷肠。
我难分辨，不知来自他抑或来自我，
天幕快拉下，听到脚步回响，
沸腾了气氛，千姿百塑。
黄昏，美丽的西天明亮，
一柄弯镰置放天坡，
分外迷人，分外皎洁，
今夜，我看得它的真切。

新客人——我未被更多地发现，
已是半夜，几乎人人入睡。
一盏明灯，依然光圈闪闪，
老者与我依旧轻言相陪。
一切可被想及，触动思维，
像灯之光耀明灿烂。
没有忧虑，没有阴晦，没有灰调，
彤红的心炉纵势地燃烧。

四十八

美的季节，勃勃生机，
大地回春，万物吐绿，
光、雨、泥、本体交融一体；
日渐一日，壮大持续，
立根于地，平凡何奇；
吸其精髓，接迎晨曙。
万物茁长，春影绰约，
清香四溢，日日知觉。

生长着，繁衍着，在大自然之底，
万物争辉，各个竞荣！
吐纳着，牵扯着，呼吸着，始不分离。
太阳，生命之父！何其美容，
永恒的慈容照亮了下底。
文明的世界，变迁的大同；
万物共一空，沐浴光雨露。
请，在光阴长河里自由游浮！

人生吟调

四十九

人生一辈，搏击着光阴，
恰似草木争夺地空。
有的慷慨激昂，斗无止境；
有的平淡无奇，度日般同；
有的伟岸大度，超然旧寻；
有的渺小失格，昙花之容；
有的无私奉献，任怨任劳；
有的剽掠钻营，投机以靠。

有的不计得失，专以利人；
有的唯恐失利，盯着自己；
有的甘当人梯，奋斗一生；
有的踩着别人，牛将马骑；
有的勤劳诚善，忠贞耿耿；
有的懒惰虚恶，假心假意；
有的活着，专为小私自蹉跎；
有的活着，为了别人更好地活。

五十

我看见了一个孤单之影，正当我年轻，
他终日忧怨，独自彷徨，
无所寄托，无所热心；
眼神凝滞，颓唐模样，
满面灰色，神志不定，
仿佛灵魂未获解放。
孤独啊孤独，竟是为什么？
是否灵魂被什么俘获？

我看见一个热烈之人，正当中世光阴，
高亢心音唱自腔膛；
大幅动作仿佛卷云，
行游迅捷，钢铁坚强；
燃烧着灿烂晶明之心！
一股激流若向腔外冲荡。
大地上、空际间洋溢一种殊氛，
多姿身影像极永恒。

五十一

嗨，世界之上，力量最巨，只属于人，
顶天立地，英俊豪迈，秀慧娴雅！
伟躯之手常造万能，
双腿行奔涉跋；
能伸可屈，自由行程，
推拉提投，任意而发；
智无穷尽，无与伦比，
天生的灵掌，至是奇异！

晶亮的眼堪与日月同明，
望及细微，脉脉传神；
心灵之窗，为君开迎！
默默藏情，交融纯真；
造了海洋，翻动众心，
可终醉其底，岂论何灵魂。
迷人的眼睛再生风光，
灵秀的瑰宝逸彩留香！

五十二

双耳——聪耳，硕大肥壮，
顺风耳，高空的传呼器；
接声仪，纳汇四环音量——
问话、呼告、温馨的友谊!
暖语直率注入耳膛；
传真、韵味、勾神，频频示意；
诸心交流，远近咸宜之通道；
万能的传真，便利明告。

敏捷的嗅觉，辨知千万气息。
匀称、大方，面部之峰；
百强的能力，广泛的吸力，
吐故纳新，力以再生；
布为一景，美景秀奇，
突兀之态，平原列阵；
微妙的双管音无声奏吟，
美妙的新生，至雅的灵境。

五十三

容貌！嗨，容貌！美得独一无二！
造物之中俏丽独呈；
绯红笑晕散布两侧，
微笑涟漪泛若春风，
予心夏之暖热；
肤色透红，细腻断魂；
灵身之门，无价之宝；
悦目赏心，卷动澜涛。

嗨，万遍，万遍，奈够看，
天生的装潢，皇冠的珍顶！
丰富莫测的变幻。
喜怒哀乐，随景而应，
闪电迅猛，不及掩耳转换。
智慧！圣洁！可庆！可庆！
俏丽、英爽、温雅，贝亚德之再生！
迷目的面儿劫了人的魂。

五十四

凡此这般蕴于心灵之口，
我且听到一种真实之音。
啊人，请高擎自由！
握紧光阴之柄前行！
骄傲自豪，扬生命娇柔；
骄傲自豪，舒生之活性。
珍贵的胴体，闪亮的思维，
敏捷地行动，大胆地作为。

啊人！光阴箭似飞。
有的放矢，方赢得成功！
点滴皆在生命中行回。
分秒，分秒，恰似铺石路中。
飞，飞，光阴的箭堆；
倏，倏，匀速的匆匆！
生命之厦的砖瓦！森林中的青苗。
啊人，珍重宝贵的法宝！

创业之歌

五十五

一天，我撑着一条船，
到远方，到春的故乡，
风吹着我的心窝，我的面庞。
我若渡着水间，四顾茫茫，
忽遇上大风，猛烈非凡，
遂紧紧握桨，唯恐失去方向。
风急浪高，肆意叫嚣，
白沫飞蹿，船身频摇。

桨舵，桨舵，紧紧握手中，
没有偏航，没有坠落，
桨舵，桨舵，卷动上空。
全身热气蒸腾，浮着水波。
风停息了，江河一带绸红，
太阳照耀着，金光射落。
一匹野马，一艘舟船，
前航，前航，曙光在前！

五十六

我渐渐沉入梦境，瞧见一老翁，
他对我道：你做着什么？
我说道：终日在行动！
又听问：你究竟做着什么？
我且答：哦，做些有用功。
他复问：你得到何结果？
我复答：屡遇上些实际问题，
消融矛盾，哪管缥缈的东西。

你做些什么？占据独有的光阴！
你做些什么？在殊有的空间！
我又被发问，问话不甚明了。
我回复：心拥有整个旷原，
运动的双手创造崭新，
坚实的双足奔走朝前！
当我醒来，我感到全身饥渴，
为什么？自我实难明确。

五十七

我又沉入梦里，醒来已天明。
老者未在，是否独离别？
美丽的晨朝依然露着微星，
新鲜的浩空飞翔敏捷的鸟儿！
稀疏的珍露被播过欢雀的声音；
柔软的晨风仿有微微的颜色。
一切的一切眼帘上荟萃，
一股激流在心底蹿飞。

远处，依旧飘来叮当之声，
间有亢昂的民歌的号子。
远处，有躁动的情怀阵阵，
间有整一的沉寂，热烈的真实。
远处，是重振山河的人们，
远处，流泻了战天地的气势。
远处，是生动的英雄们的场所，
远处，抒写着自豪的勇士般的承诺！

五十八

远处，是同一的似锦的希望，
我的心中却夹着淡淡的愁绪。
我的导者，行踪让我迷惘，
他隐现，与谁聚集？
但我隐隐听到召唤，甚有力量。
前去！一条巨江漂过旷地，
你可以领略一番壮美的风景，
承受洗礼，融入全身心。

我走了几些时辰，朝向正东，
天色清明，阳光灿烂，
见者和谐，万物葱茏。
一些行人接而依连，
一些农人忙碌劳动。
田园之上存着异样信念。
我又感触着这片现实，
和平生机孕育于此。

五十九

路途听着一对行人议论，
“老哥，村子的年成望好，
说来气候，风调雨顺，
丰收来临好征兆。”
对答：“好生管理，多多用心，
看看禾苗抽穗，脸上堆笑。
嗨，生活日子里逢上丰收，
父老乡亲们有奔头。”

嗯，处处生机现，村子露新景，
服务走上门，生产稳稳上，
家中如村社，事事并肩行。
春风与改革之风交相吹扬。
社会走向前，时代长飞进，
旧俗作转移，风情转高尚。
遍地祝酒歌愉快地飞，
诸君齐心携手大有作为。

六十

新的时代蕴藏了劲头，
满心的喜悦洋溢脸膛。
春风泛荡，吹着树枝头；
花儿开家园，掩映明堂。
自在的精神，迈步好悠游！
彼此畅谈，性情日见旺，
肥沃的泥土铺在斑斓的田野，
勃发的生机直能够感觉。

各家大小事，像是安排好。
劳动的果子靠双手培育，
劳动的芳香靠双手酿造。
我格外地体会勤劳之需，
百姓的日子方得有靠，
集体的力量益于凝聚。
合心劳动，幸福系着和睦。
嗨，美的日子若鲜果！

六十一

我的同行人相距非远，
欲行何方，尚未知晓。
可听脚步矫健，铿锵声相连。
他道来："兄弟，大家生活好，
社会是基础，勤劳作承担，
自古以来未更改丝毫。"
对的，和睦的家庭，富强的祖国，
小而大之，奈以共赢收获。

多年大兴水利，广泛造林，
抗灾灌溉，绿化山坡；
众人兴头高，协力齐心，
偌大的工程当福事而作。
天大的事情，困难手上挺。
拧成一股绳，群力合成多。
万事无惧，脚下走千里，
宁静的乡村换了新天地。

六十二

当走入一处岔道，我与他们分别。
一块路石刻着遒劲字迹：
发展生产，保障供给。
略见模糊，依然清晰。
出自何手？出自何岁月？
所书论断颇为精辟。
嗬，仿佛字迹依然发热闪光，
依然触动心神，翻动衷肠。

我伫立良久，不愿走去，
像面前聚放着光辉。
一片光辉，一片彩曙，
眼睛明亮，头脑清醒，闪动思维。
我领略此景，如在过去。
不久之过去，有些许红玫瑰。
光在旋动，旗在飘动，
沸腾的山河里群情翻涌。

六十三

一条标语格外醒目，
远远横排墙上，显然陈旧：
愚公移山，改变旧生活。
灰白的墙壁，红光暗浮。
像是昨天，像是今天，悠悠而过，
至今记忆犹新，思绪未丢。
火热的时代，火热的劳动，
火热的生活，热烈的景容。

往往是：万头攒动，群心通亮；
往往是：呐喊声连，锣鼓声喧；
往往是：比学赶帮，争上游，快步上；
往往是：顽石搬家，山谷花艳；
往往是：一声吼，齐扬臂，震四方；
往往是：车轮飞飞，腾身快行，行山盘；
往往是：集体畅快，惬意甜怡；
往往是：彩旗飞舞，面貌新异。

六十四

独有，独特，华夏美的大地之上，
一股潮流席卷亚洲东部！
一阵温煦之风伴着灿烂的阳光，
吹起、照临，似柔软宽厚地轻拂。
光辉，政策之光辉万丈，
才有欢歌，才有春光，才有万众幸福。
一股春潮，席卷大地之心，
一阵春风，吹过万众心灵。

吹啊！新世纪的新时代的暖风！
放啊，新社会的新阶段的曙光！
唱啊，唱起粗犷的雄浑的歌声！
舞啊，舞动绵绵的甜蜜的欢畅！
唱啊，唱响热情的劳动的歌声阵阵！
舞啊，舞动共同的劳动的理想！
唱啊，唱起一辈辈的意气风发！
舞啊，舞动新世纪的人生的风华！

六十五

我仿佛回到了往昔的岁月，
现实与往昔一脉相承。
开放搞活，筑牢国家基阶。
社会风尚新，渊源却相等。
现代生活，一样甜美热烈。
江山代代，向最灿烂之境变更。
我的眼睛证实我的想法。

朝阳铺洒金色的光华。
大地呈现出生机勃勃，
创造的痕迹，典雅的物产，
劳动的人们每日团结协作。
我的眼睛看得见飞变，
纵然恶劣的天气也算不了什么。
我的视线远达到海阔之天，
茫茫的云雾也不能阻挡。
哦，我嗅着现实的芬芳！

六十六

我再行过一段路程是一个小站。
我去寻找一个朋友，在不远前方。
久违了！我的熟识，曾经的伙伴。
我们最初相识是在西疆，
时光飞逝，算道已有经年。
那时气血方刚，神采飞扬，
共同的目的让我们走到一起，
列车飞驰，千里万里。

真年轻！真个英雄好汉。
英姿飒爽！浑身洋溢力量。
身处西疆，与自己的祖国相伴。
唱起歌儿，情盛心儿旺。
心是一只鸟儿，一支快箭！
在西疆，在开发建设的激流上，
幸福的相识，珍贵的情谊，
堪可重温往昔多味的回忆。

六十七

寻找，寻找，朝向前方。
我与朋友相识，在同一战壕。
我去寻找昔日我的梦乡，
我的熟友，我的知己同胞。
我们分别经年，天水一方。
我将带去殷情，带去祈祷。
寻找，去寻找逝去的往昔，
生活的乐园，难得的情谊。

嗬，在远方，在前方！
我欲倾听炙热的心声，
欲再翻动热血的衷肠，
向他倾吐熟识的虔诚。
看，我的心神空际飞扬，
脚跟，脚跟，欲只作行奔。
他是否安然，准在何方？
耳畔仿有微语：寻着曙光！

六十八

须臾，我坐上了旅行之车，
我的心儿像车儿飞跑，
原野上驱行，空旷中转折；
顾盼连连，惬意逍遥，
多姿多彩，大地迎春，遍放新鲜的花儿；
绿叶扶红花，葱茏添新骄；
茁长的万物展露美貌，抒发自然之音，
大地布满俨然的村舍，同有精神的人行。

这样的时空通过我的心，我的眼睛，
与我交融，促我醒悟。
美丽的一瞬，急切的匆影，
我只能借以虔心将其捉捕，
炽热的内心长将陌生认领。
是的，我又此等熟悉，不只是远古，
现实至现实，心随车飞。
吹，温柔的春风！飞，我的梦回！

六十九

旋转！我的思维。遨游！敏捷的箭头。
所遇皆是明媚、浑厚、粗犷、绚丽；
所遇皆是欢谐、鸟歌、喧声、音流；
所遇皆是活跃的氛围、景象，时空在流溢；
所遇皆是热烈，是光，是灿烂相走；
所遇皆是创造，摒弃守旧的奇迹；
所遇皆是真实的美，美的真实。
她们这般统治了我的神思。

车已行过多少路程，晃过多少地空。
我知道，我是车上的一个主人。
车速放慢，向一个站点靠拢，
远远站立的行人正安然相等。
有的交头接耳，亲切让人心动；
有的眺望远处，大约揣测春魂；
有的手拉手，默默未分离，
大小怡然，纵外表未露底。

七十

看，看，车站简朴，却是别致，
斜式的飞檐足可遮住雨帘。
雕塑游龙舞凤，状样似飞驰。
云游？畅行？是否至极天？
这里太美，大约不会跑失；
这里太美，真个别般留恋。
腾的身，展的翅，舞的爪，
大抵想似天空作逍遥。

去腾云驾雾，或乘着阳光，
情绪畅快，精神饱满。
仿佛什么事情催促我焕发力量；
仿佛什么妙歌鼓入了躯干；
仿佛什么光明促使眼睛明亮；
仿佛所处之境皆和谐相伴。
远方的来者，看吧，看吧！
飞腾的龙凤，看吧，啊，看吧！

七十一

马路两侧，几幢高低中式楼房，
店铺商场，门庭若市；
招牌醒目，金碧辉煌；
色彩纷呈，苍劲有如展翅；
扶老携幼者落落大方，
喜笑颜开，衣样多姿异式。
笑意洋溢遍及四下，
瞭目之中遍放奇葩。

流连忘返，久久徜徉闹市，
为繁华景状吸引，岂忍离去？
心头殊暖，若光亮的昼日，
绚丽之图恰如彩曙。
谨献以敬意，致所有人士。
此等时空，愿偕伴主人而居。
物质的色彩，不凡的意义，
美的街市诞生着新奇。

七十二

黄肤色，黑头发，黑眼睛，
大街小巷，摩肩接踵自由。
发式服式，旧式新式较劲。
中山装、旗袍，平头、学生头，
传统的习俗保留至今。
小孩子们啊，争将发辫梳；
小孩子们啊，笑嘻嘻，乐哈哈；
成人们啊，陶醉于光华。

车子歇会儿即又奔驰起来，
告别小镇，印象若是扎根。
窗外晃过店铺排排，
七十二行，小镇共有自生；
窗外晃过树木排排，
像一些哨兵护卫道路之身。
绿色的田野阳光普照，
生长的季节春意娇俏。

七十三

喏，哨兵——树木，绿色的长城，
林立路旁，群踞山脉。
远山仿佛将田野护卫层层，
一片宁静和谐与热心同怀。
触目之景，自行车载人飞奔，
像流水汇纳江河大海，
支流注入颇示非凡，
自行车的天地，各自悠然。

载着人，载着物，运行的工具，
载着欢愉，载着歌声，乘着阳光。
去一个收获场所，天气温煦，
穿行美丽的街市，撩人的地方。
交换劳动，热情、公平无拘；
流连，徜徉，燃亮心之光。
生长的季节春意浓浓。
箭似的归心大地上闪动。

七十四

摩托，锃亮的摩托，偶有飞奔，
迅捷，迅捷，烟似的前冲，
一对儿，一对儿，兜风！
一对儿，一对儿，英雄！
向何处？闹市？远地？作个驰骋。
堆着笑，神采焕发的面容，
健康的精神，现代的气派，
自由、活跃、纯真，雅致的心怀。

希望的田野，耕耘有收获！
豪情纵生，热血在沸腾。
勤劳致富，发展经营众多；
不畏苦累，光荣传统扎根。
为国为家，创造崭新生活，
像一支歌放出悠扬的乐声。
哪管创造艰辛，终绽开幸福之花。
纵前途曲折，正空日头悬挂。

七十五

一位农人，满面红黑，
扛锄俯头，经行庄稼。
裸脚与黑的泥、青的草吻接；
略略躬背弯腰，形态朴实无华；
骨健硬朗，稍有瘦削。
偶抬头望远，迈矫健步伐。
他行动着，度着朴素的日子，
播种者、耕耘者深蕴意志。

独自静静地或俯头，
他想着什么？像个哲思。
双手有力，青筋暴突，
诚挚的双眼将什么注视。
仿佛意识底一副担子将挑，
和风沐浴，添了几倍生气。
他时而近睹泥土，时而眺望远方，
田野的绿在他的心头泛荡。

七十六

瞧，一位小伙儿搀扶一位老人，
缓缓地缓缓地向村庄行走，
身子相融，姿态依然端正。
嗬，老者华发满头，
青年之手与老者之手共振。
无语，相拥，行进路途，
老者瘦弱，有倚有靠，
神情悄悄旋起微涛。

时而望着两对眼神相撞，
沉默的眼睛放着火星。
火星飞射，如几倍明亮；
火星飞射，暖热两颗心。
老人与青年步子整一，倚靠紧紧，
两肩并行，绿色相照掩映。
倚靠，心语交流；
合步，前景在诱。

七十七

一群孩童，列队自平道走来，
童趣洋溢，天真活泼；
挎着书包，唱着歌儿，笑脸竞开；
有的蹦跳，大方落落；
乐呵呵，从头到脚欢快。
啊，刚刚离开教堂课桌，
新颖的文字，新鲜的知识，
活跃的课堂，记忆中相知。

美妙的景象，美妙的动图。
一群孩童整齐地行走大道，
天真、纯洁、欢谐，忧虑绝无，
啜吸着珍露，咀嚼着佳肴，
晨朝里成长，共万物复苏。
特殊的种子，生机勃勃的幼苗！
沐浴春风，沐浴雨露阳光，
朝气蓬勃！自由茁壮！

七十八

稍许瞧见路端坐落一所学校，
崭新的校舍，宽敞的地坪，
青青绿草间新植些幼苗，
无忧的儿童飘飘停停。
天之骄子，蒙阳光普照，
从头到脚，欣欣向荣，灿烂晶明！
奔跑运动，追逐着，游戏着，
一只只小蝴蝶飞行不歇。

细看校舍拔地三层高，
约是新建，落落大方；
坐立丘坡，居高凭眺，
中式的建筑，典雅的装潢，
稳重、匀称、大方、美俏。
几些稚音楼里飞腾嘹亮，
欢快和谐的分子充满内外，
活力的因素充溢了心怀。

七十九

且观，远远几位农人田埂上交谈，
劳动归来，情绪欢快。
商讨农事？交流经验？
大约无所保留，几颗诚心宽怀；
大约谈论气候，经验掺着新鲜，
是否体会时令的气派？
何其亲切，内心定然热烈。
水乳交融，心心自然定格。

车儿飞过去，农人走前行。
车儿飞过去，我们已分离。
劳动者留下温热的倩影！
大地的主人时空里留下美丽的记忆。
一刹，哪怕一刹，勾着我的心。
一刹，哪怕一刹，感觉别样欣喜。
载着记忆，我慢慢地回味，
躁动的心田仿佛陶醉。

边疆之歌

八十

并行，一名青年以石击水，溅起浪花，
平镜之上漾起一道道波痕，
是否感觉到水体的光华？
是否感触到涌动的晶城？
冰洁、透明，溢彩流光如画；
纯净如一，蕴藏得深深；
反照了外形，保全着真实；
始有自然心，天然去雕饰。

青年伫立良久，瞩目串串浪圈，
事物运动极像如此；
点点生发、发展、壮大、繁衍；
外部之力渗透其身，哪论顽石。
内部因素保持本质无变，
交相辉映，长久日日。
青年注视着美丽的运动——
已是被打动的水镜的姿容。

八十一

一群儿童引逗来，争相睹奇观，
牵着手，蹦蹦跳，高声叫；
张着眼，动着脑，四面转；
知心话，伙伴讲，乐陶陶；
常相处，不分离，诚而善；
飞步走，心似飞，观水涛。
小童们凑近，惊动了青年，
青年掉过头，望着儿童翩翩。

青年的心乐开了花，
合不拢嘴，心比蜜甜。
儿童们齐拥进，拉扯开话闸，
有趣！水花上了天。
有趣！池塘边嚷嚷哈哈。
水中的浮藻亲亲地相连，
圈圈点点似蜜语，
点点飞沫，朵朵绽放的花株。

八十二

车停，我情不自禁朝他们走近，
先年我仿佛路过此地，
我的朋友，他的家乡当是毗邻。
青年见我走来，流露笑意，
落落大方，伸出手来，开心！
小童们睁着眼睛，几分新奇。
我的心神即与之交融，
一身打扮吸引着小童。

我问青年：去桃园村，该如何行？
那里是我的战友、我的兄弟所在。
青年道：桃园村不远，东面附近。
复问：主人从何来？有怎样的美差？
我道：好一个美差，寻找心灵感应。
青年道：幸会！您即时瞧瞧桃园村气派。
我道：我仍要经行到达前方！
青年道：好啊，前途道路纵长无妨！

八十三

这里，两面绿色的田野，
稻浪滚滚，泥土散发着芬芳；
明媚的阳光照射，
整齐的防护林排列四旁；
灌溉的渠道躺卧两侧，
淙淙的流水欢快地歌唱；
池边的杨柳树吐绿了芽叶，
燕子飞来，悠然好自熨帖。

青年道：我的家位于前面村庄，
我观察农情，偶来池边赏景。
我道：我们同行，一路做伴无妨。
他直率、热诚、豁达，显露青年性情，
方脸红润，血色明亮，朝气飞扬；
一件外衣卷起两袖，敞怀有形；
普通衣着，朴实大方可爱，
目光灼热，外观与精神酷帅。

八十四

我们同行着，向前步调一致，
青年不住地谈论他的往昔，
高中毕业，考入农广校，学习未止。
时代召唤人才，青年顺时进取，
广袤国度渴求甘霖，渴求知识，
一个人自身同有所需。
青年时代生长在创世纪，
特殊的时代备需珍惜。

劳动，学习，进取，奉献，
农村生力军，依靠后一代。
祖国繁荣富强，须奋力争先；
扎扎实实，齐把列车牵载；
穷则思变，巧干苦干换新颜。
青年道：先辈辟道，后人拓来，
我只不过尽到一个青年的心意，
吐露吐露自个儿的志气。

八十五

须臾间，青年表情丰富，意气激越，
与我眼神相撞，或眺望远方，
掉过头，手掌向天空一曳。
我道：现在生活蒸蒸日上。
青年道：社会经济路子正确，
乡亲们勤劳致富，幸福增长。
我道：科技兴起，推广应用，
像一些星火，像一些春种。

哦，杂交稻麦，华夏大地普及，
地膜育秧，温室培育，赛过气候；
围栏网箱养殖，生态循环效力；
种种般般，像果实开在枝头；
优良品种，无子之果甜蜜；
嫁接技术，赢得个个丰收；
老幼兴奋，齐口赞颂，
举酒杯，放豪歌，真英雄。

八十六

昔日荒芜的田园被重新开垦，
昔日寂寞的村庄现出了繁闹，
昔日忧郁的人们焕发了精神，
昔日荒废的水利渐次改造，
昔日秃顶的山坡吹起了绿风，
昔日无力的流水绽开了微笑。
前辈们的寄托一时变成了现实，
幸福的日子从脚下开始。

粮食生产过吨粮，跨纲要，
农业学大寨，一时轰轰烈烈。
垦山坡，整梯阶，造田园，齐奔跑；
劲头足，热情高，新蓝图，共绘得；
学习室，挑夜灯，扫文盲，精神陶；
兴修体育场，老幼妇孺乐。
村村组组如样，时光飞去莫忘，
旗帜扬声极远地响。

八十七

嚯，瞧瞧商品性生产长足而奔，
社会实现了开放搞活，
像健康的身体添了活性几分，
像淙淙的血流加快了穿梭，
更多的热能发散到广阔幽深，
更大的效益，更大的冲击波，
冲向海洋，冲东向西，冲向世界。
巨大的回声好似一种和谐。

我们谈着，不知不觉至村口，
怎样的村子？我感到稍有疑惑，
像是我的朋友家住的村头，
但不敢肯定，实在难分面目。
过去的岁月，我满兴在此相走，
令人留恋，千言万语欲说。
其时，我看见一个高大见证，
一方石碑打动了我的心。

八十八

三米高矮石碑耸立眼帘，
碑文相宜，字迹苍劲雄浑。
我忽地记起，初识原在若干年前，
我本存清醒，昔日所至当真。
朋友曾邀在此观光流连，
我的心境好似豁然开朗，
广袤平坦，迎接一片阳光，
如痴如醉，嗅着浓浓的芬芳。

我呼喊了：年轻人，好一座石碑！
我的朋友住在该村子。
离别经年，心觉如箭之归。
我的一些记忆抖出一些熟识；
朋友名字唤作沈传贵，
犹清晰记得相识在梅桃结时。
青年看着我，情绪一般激动，
说道：你的朋友我熟识，他像个英雄。

八十九

英雄！我为之一振，像掠过闪电。
我问道：在你看来，他是何英雄？
青年眨一眨眼，一本正经端现，
道来：远近闻名，三乡所知，众人推崇，
企业的管家，优秀的一员；
一个大厂，秩序井然，欣欣向荣；
形势稳定，效益年胜一年，
贡献特殊，闻名远近四面。

听罢，我暗暗为之喝彩，兴奋，
复道：青年人，我的朋友原本不错，
戍垦边疆，他就百样认真，
像一颗螺丝钉，不知倦怠不会脱落；
家境清薄，祖辈曾为生计力争，
纺纱织布，耕耘劳作；
父亲像老黄牛，一个先进队长，
这等家庭像一个旺旺炉堂。

九十

青年听罢显露惊异，是否不甚了解。
接而却道：了不起！我原本不知道，
我们两家，一条小河相隔，
我对他的家庭只是知之略少；
我们分属两个村庄，一座小桥连接，
平日往来，重礼守规，互相倚靠，
往来可算极为方便，
我的家在附近，他住对面。

再端视石碑，长时倾神，
碑约两人高，字迹依稀清明。
我问道：石碑立于哪年？作何见证？
青年道：历史的纪念碑，建设成就的表明，
二十世纪五十年代功勋者们，
推动火热的年代，付出创业的艰辛。
嗨，该把岁月永久地缅怀，
把劳动业绩永久地记载。

九十一

沉实的石碑伟岸耸立，
静静中历经风风雨雨，
遒劲的字体清留痕迹，
英雄的业绩长久铸就。
火热年代里辛勤搏击，
闪电的名字威名昭著。
碑文给予我莫大的吸引，
我仔细地追寻闪光的痕印。

我隐隐听到一种缥缈的声音，
许多音调汇合一股音流，
向我冲击，一种精神放出光明；
一股引力，一种共振不休。
我仿佛看到许多面貌英爽、坚定、
挚诚、亲切，陌生又相熟，
坚实的身躯顶天立地，
沉静的眼睛注视着天底。

九十二

英雄像瞩目着我，仿佛沉思什么，
眼神飞扬着，向恒定前方。
手飞扬着，仿佛欢呼什么，
创造的结晶？未来的辉煌？
智眼又似凝望，流连着什么？
是否后来一代缠绕心上？
光辉的形象在我的眼帘浮现不断，
真实的英雄像与我交谈。

我倾心抚摸着雕刻的碑文，
新世界之中铭刻的英名。
我的心灵同有数个高大造魂，
敬慕之情交织充盈，
时而欲翻江倒海，心头发晕，
时而似被闪震，像风中流星，
但是赋予人力量无穷，
我目光坚定，仿佛把万象包容。

九十三

旋而我同青年目交，默默赞许，
像置身汹涌波涛之边，
澎湃之力把震耳声发出；
像漂身海洋，游荡着行船，
豪迈划行，划行，日落日出，
穿过云雾，绝美之景露现；
雨露浇灌，花朵盛开，
美丽的花树沃野上覆盖。

村口几个人与青年招呼，
猜我是客人，点头微笑，
笑问青年：远来贵客，进来歇住？
青年报以一笑，点点头，“嗯”轻声相告。
我们并行，渐见众多屋舍集聚。
青年邀我做客，谢毕我请指行道。
我将独自寻找朋友，
往后将在此作几日逗留。

九十四

然而欲走，多人真意挽留，
我被拉扯，独走不能。
美丽的村庄，诚朴的人们手拉手，
非是初识，重游情致深深。
仿佛置身家乡，心境洒脱自由；
仿佛非是异乡，却又是真。
青年引我走向他家，路经排排屋子，
新旧不一，屋子美丽别致。

村庄大致约有数百载历史，
其先人们何时开始定居？
旧式堂屋，青砖青瓦，典雅样式；
门前多栽植橘、桂、樟树，
葡萄架爬上高高树枝，
目及处处蓊蓊郁郁，
像是旷野洋溢清新之气，
给予人们潜滋暗长的欢喜。

九十五

好像是一个宽阔的山冲，她的腹地——
正宜安置个村子，再美不过。
青年之家，一幢普通平舍，青砖所砌，
屋檐高高，走廊宽敞，坪前一些树木，
幽雅的处境吹来些爽气。
鸡儿悠闲觅食，啼声传播，
狗儿见着客人，摇头摆尾，
跟随着我们走进屋内。

两老自厨屋走出，连声招呼。
青年介绍道：客人远来寻友，
朋友即是村对面传贵大叔。
一阵寒暄，彼此像已相熟。
老人泡茶，青年端椅，彼此无拘无束。
屋子墙壁新白，定然近年粉修，
室内宽敞，摆置新式家具、电视机、
落地风扇、洗衣机，水泥铺地。

九十六

向南望去，好一派壮美景象，
远远环山围成大蹄形盆地，
稠密的屋舍静布原野之上，
一条清河将两岸偎依，
时隐时现，哺育村庄；
阳光普照，一片明晰，
河畔有人汲水、放牧、悠游，
一支优雅的民歌悠然飞至耳头。

正午时分，空际热烈温馨，
鲜红的太阳纷洒着明辉。
我感到何等的惬意舒心，
眼帘忽游进一座巨塔，高踞巍巍，
静静的身影向天底融进；
一座对拱古桥将繁华荟萃。
古老之地勃发青春，
多姿多彩，连天空的游云。

九十七

天空飞舞南来的燕子，
箭一般地欢快地歌唱，
缠绵的话语，亲切的柔思，
力的身姿，向上，向上，
三个两个，展开双翅；
飞腾俯冲，伴随爽朗，
借着阳光，自由自在地飞游！
借着浩空，自由自在地飞游！

青年全家给予我热情的款待，
他的父亲是传贵的远亲，
他的父亲抽着旱烟，水竹所制，
烟杆磕磕，时而烟叶换新；
一双沉思的眼睛轻缓移摆，
额上皱纹略现，华发已生双鬓，
像是他的经历艰难曲折，
像是走过的路途珍贵难得。

九十八

他的母亲，约莫六十岁年纪，
皱纹爬上了额头；
眼睛神张，动作伶俐，
反应非迟，言清语楚；
双手茧板厚重，性子不偏不倚；
普通衣着，一个发髻后梳；
走起路来噔噔声连，
典型的乡村妇女形态，普通的一员。

她四个儿女，两个已成家立业，
只有小儿、小女仍留身边，
大儿农企工作，忙碌便忘掉一切；
二女做着缝纫，种地之余赚钱方便；
三儿高中毕业，专弄养殖，大有益得。
以农为本，靠土为安，
近来村办企业经营兴旺，
收入如芝麻开花，节节高长。

九十九

兄妹们有的储积余钱，存入银行，
有的点滴积累，改善住房条件，
如今旧屋始兴改砌楼房，
自个烧砖制瓦，购买倒便。
水泥本地产，造福四方，
传贵即是厂长，精明能干。
他上任之后大刀阔斧，
管理精当，产销攀升，干劲大鼓。

青年问：传贵叔如何是您的朋友？
我道：我们相识在那西疆，
那个年头，我们像是钢铁进炉，
年轻气盛，一个个火热心肠。
那个年头，国家已进入全面发展时候，
生产恢复，处处大干快上。
我们一齐响应号召，奔赴前方，
依偎着祖国的胸膛，青春好自飞扬。

一〇〇

这时，青年以敬佩的眼光看我。
老人们怡然自语，像有一种憧憬。
青年悉心倾听，时而像作思索，
忽然问道：你是否仍记得西疆情景？
我道：记得，那是一种号角，动人心魄；
那是一种力量，鼓舞干劲；
那是一面旗帜，雄雄飘扬；
像是一个时代创造了辉煌。

我们身处西疆，纵然苦累，
说不上条件，却乐在其中。
大家心上有一种支配，
朴实珍贵，人人争当英雄。
非争功为名，而有所作为；
非争出风头，而团结与共；
非图在一时，而持久长远；
非故弄玄虚，而比劲奉献。

—〇—

那时，我们几十个青年组成集体，
互相照应，互相帮助关怀，
搭就陋舍，开荒辟地。
早晨，顶着星星，天空朦胧未开，
走上三五里外，劳作不息。
有时，炊房师傅将饭菜送来，
我们浴着阳光雨露，快活开心，
休歇则天南地北谈笑歌吟。

辽阔的西疆，苍茫的大地，
我们的祖先足迹早已踏遍。
那里，树草鲜花争奇斗异，
那里，游兽飞禽出没频繁，
湖泊沼泽引得人们的欢喜。
我们劳动着，战胜艰难，
我们奋斗着，洒遍了汗血，
我们付予着，哪管日夜。

一〇二

广阔的沼泽，蒿草遍地，
汪汪的浅水散布着地面。
这里，土地肥沃，正宜垦取，
我们挖沟排水，用作渠干；
整治土地，攻坚积极；
日日如此，工程长足拓展，
累了，好在帐篷休歇，
裹着泥土，四面青草吹曳。

有时，我们开展劳动竞赛，
一样的起点，赛谁成绩更大。
传贵性子倔，吃得苦，动作灵快，
大家彼此争夺，最后不相上下。
评起劳动能手，大有高风襟怀。
我们的大队长是一匹老马，
多年耕耘能手，众人推他定夺，
每个生产小队，红旗手一个。

一〇三

我所在一队有个女伙伴，
年纪刚十九，名叫卓冬梅，
劳动不甘落后，次次拼着赶前，
出生城市，但不似秀闺，
西疆的生活经风雨见世面，
性情陶冶，问心无愧。
这样一个人，一个崭新的现在，
初期屡受磨砺，尔后红花佩戴。

听她道来：劳动光荣贵于勤！
艰苦创业，描画美丽蓝图；
我是普通一员，对生活满怀信心；
未来属于青年，前途并非无阻。
平时，她温文尔雅，待人真挚热情，
自个的事情自个儿做，抛去非分贪求。
嗯，她有门针线艺，时常服务大家，
别人夸谢，她总是笑答。

一〇四

一次，她受凉患上感冒，
浑身发冷，大伙并非清楚。
三月的日子，我们顶着春寒料峭，
呼啦集合，扛锹搬锄，
开赴工地，劳动紧张热闹。
风冷冷的，我渐感觉辛苦。
一时冬梅站而未动，偶又干起，
稍许她坐倒在地，大伙一阵心急。

撂下活计，大伙连忙跑去。
她的额头实在冷得厉害，
手掌冰凉，这才肯相搀回屋。
她是这样，平日极能忍耐，
一直未哼声，哪管身子虚。
她常想到大伙儿，哪顾体质摇摆。
一个坚韧的女性，非同的平凡。
类似的事迹尚发生得普遍。

一〇五

我们开辟的农场远离小镇，
小镇原本没有，五十年代兴起。
牧民生活方式大已变更，
聚集定居，赋予了新意；
建商店、粮店、兴办学校，秩序规正，
从无到有，变化惊喜。
这里，缤纷的色彩像春的草原，
美丽动人，扣人心弦。

这便是给我们的感觉，美妙难当。
我的记忆至今仍是清晰。
那时，我们领略她的风光，
便联想家乡，却依偎现实的美丽。
当我们想起远方，陶醉在处处梦乡，
西疆农场别样富有诗意。
大家庭中的人们勤劳好客，
如在家乡，又别具一格。

一〇六

看看农场成长，好自播种粮棉，
人们闻讯常来，领略农耕风貌。
农场位于镇十多里外东北面，
那里是天地一派，仿佛有众多美妙。
闲暇我们爱到小镇游览，
像是散心，交个朋友也好。
与少数民族兄弟没有陌生，
相互熟了，当是自家人。

我的一位朋友，一位年轻牧民，
名叫萨拉尔，好个血气方刚，
为人豪爽，有颗火热之心，
健壮、勇敢、好义，但不争强。
我们偶然相识，当时他学练弹琴，
我怀着好奇，走上前去欣赏，
像是一见如故，然后彼此熟悉，
拉开了话匣，见着他的诚挚真意。

一〇七

瞧，他鬓发些许卷曲，眼睛炯炯有神，
音域宽大，像他的性子。
他有时沉思，隐着活泼天真，
谈论起来，见得些辨思。
他的眼睛如闪着光的灵魂，
一些明亮的散金向我抛掷。
论起他的穿着，不甚讲究，
大众化与普通，刚柔兼备。

他和兄弟们常跳起民族舞蹈，
一种洒脱劲油然而生，
像是如痴如醉，一切忘掉九霄；
像是天空旋转，了然美的心声。
青色的草原如母亲般的倚靠，
哺育了生灵，是他们的敬神。
母亲的胸膛蕴着富饶的宝藏，
他们深爱着母亲，承受母亲的滋养。

一〇八

一次我问道：你们的发祥地呢？
萨拉尔答道：在那美丽的河套！
一条奔腾的河流，两岸美果挂结，
他们的祖先在此生息，把幸福寻找；
后来一部分踏上草原，并非分裂，
他的祖先专事游牧，淳朴性豪；
往事悠悠，现实才有切身感觉。
如今牧民安居乐业，牧副业兴旺得很，
尝试办了个加工厂，门外汉当上了工人。

萨拉尔介绍羊毛毯儿，备受内外欢迎。
他的兄弟姐妹做事精进认真，
昔日大老粗争相提高水平，
牧场大变，牧草新旧相轮；
优良品种推广一本正经。
怎似从前，面貌改变惊人。
古老的牧族人迎来了太阳，
辉煌灿烂永远将前途照亮。

一〇九

萨拉尔道来，他的家乡，天苍苍、野茫茫的草原，

他们民族汇入了中华民族大融合。

萨拉尔道：我如果打扮时髦，面貌当然改变；

如果换上内服，兴许气派也多。

萨拉尔有时来内地，总有一股新鲜，

心神亢奋，就像无拘无约。

后来，他在牧乡向亲友们讲述，

好奇的族民愿聚集定居。

我谈道：垦殖农场翌年夺得了一面旗帜，

大家悉心爱护，愿她更加夺目鲜艳。

劳动与智慧交织了美的梦思。

在远景脚下驰行，步步实现夙愿。

青年问：你们度过了多少这样的日子？

我答道：四年，并不算久远，

后来，农场大变样，用上拖拉机，

作业速度快，提增了生产效益。

一一〇

这片旷野从此热闹不凡，
各式的声音鼓入天空，
远远地飘荡，好一种力与宣言，
划破静寂——千万年的沉梦。
当我听到，总掀起心澜。
我遂久听那高亢的有力的巨轰，
一个巨人，一个铁物结合的力量；
一个世纪放射着束束强光！

你听啦，又是一种呼喊，
她向你奔来，旋而动而未动。
该休憩了，环境也须换换，
连熟识的主人也一般相同。
当朝阳四射，开始新的一天；
当候鸟飞翔，昭显英姿雄雄；
我们的脚步又向土地开赴，
大地的儿女多么思想反哺。

一一一

伙伴们看着铁物，心痒痒了得。
有的亲手实践，拜师学徒，
兴致高涨，脸上添了颜色；
说说笑笑，扬一扬手，甩一甩头，
慢慢居然学会驾驶，让人称赞啧啧。
小伙子啊不错，品质永不腐锈。
多一门技术，多干些活计，
有所作为，须担当进取。

哦，大片土地种植粮食，
水稻、小麦、玉米、土豆，南北的品种。
分别管理，各尽其职。
追肥灌溉，哪有间空。
个个当家人，谈何一己之私，
一个群体、一种利益与共。
劳动奉献别样的光彩，
我们心照不宣，暗有竞赛。

一一二

生长的季节，一眼望去，一片碧绿，
南来的风泛起重重波浪，
好一种气派，好一种鼓舞。
人造的奇迹，人力与机械的辉煌；
人与自然的结合，大地的心呼！
智慧与自然的结合溢出了芳香。
遍地的庄稼奏出了悠扬的歌，
大地生发着轻轻的应和。

到庄稼地里去，好一桩美事。
大伙儿往往忘时，劳作田间地头。
每一片绿叶勾引出美思，
每一粒花粉似散布心头，
每一束稻麦记载美的日子！
笃诚的眼光在生命间抚触，
群体的信念原在改造胜景山河，
现在不变，将来不变，唱着永恒的歌。

访传贵

兴厂记

一一三

一望无际的庄稼哟，一种寄托，
光和雨的结合，汗水与才智的结晶。
当阵阵绿风吹上你的眼角，
心绪随而泛荡，向金黄底融进，
随而升华，向着绚丽光明之国。
幸福啊！展望一派繁华光景，
自然博大，山河壮美，人力伟岸。
造物者们！这里尽是些热血青年。

后来，农场办了个车间作坊，
大豆加工房，磨麦碾米车间。
农场的收获品深加工翻样，
豆子变豆笋，可口味留鲜。
麦子磨面粉，雪白细晶亮。
大米，北国的稀物，吃来软甜，
供不应求，车间扩大两倍。
你猜，一个模范是谁？便是传贵。

一一四

传贵是一只虎，浑身有倔劲，
既当徒弟，又学做师傅，
地里屋头忙碌不停，
样样程序操作，许费工夫。
一一数来吧，粉碎、加温、造型，
豆笋、麦粉、大米加工，量也难数。
收割季节，粮食成垛成堆，
金子一般，加工又如同玉翡。

青年问道：加工机械来自何处？
我回道：中华牌，国家制造，
来自长城内外，技术推动产出，
老牌质硬，纯钢所铸。
资金部分贷款，按期还与，
所获利润，规定部分解交。
短短一年，加工量翻番不话，
附近无人不晓，萨拉尔也夸。

一一五

青年发问：生产生活电力怎么来？
我回道：自行发电，原料柴油，
早在北疆，铁人们把万难排，
国内第一口油井喷出石油；
国家的骄傲，各族人民感怀，
新生石油业跨步前头；
黑金炼成多种化工成品，
汽油、柴油属其中，品质高新。

我们的附近青原镇有着各类物质供应。
我们像是走亲家，时来萨拉尔居地，
小镇的繁华与农场辉映。
我们心头暖热，无论走到哪里，
像不锈的发动机运转不停。
无论走到哪里，有胜利的欢喜。
加油干啊，曙光在前！
挣脱贫困，幸福在前！

一一六

农场常受视察，仍有我们的直接上级，
某一次一行人匆匆的行程，
日子概而已经作了铭记。
一位老人鬓发苍苍，目光深沉，
一字一言，一手一势，隐显厚力，
光亮的思想如同年轻人的心神。
他的背影让人壮几分胆，增几分力量，
仿佛高大的灵魂之碑耸立人们心上。

青年道：老人！这个名字好像是个象征。
我猜测他颇为激动，
似乎过去的一切勾了他的神，
回味、憧憬像一支美丽的春颂，
缠绕耳际，悠扬雄浑。
青年站起来，跨了一大步，表情凡同，
说道：我若经过那个时代多好！
艰难的创业将人炼造。

一一七

哦，路延伸在脚下，
现时比过去各有特色，
当大有作为，大有造化。
前景正广阔，曙光在前途。
这时，我俩站起身舒活筋骨，迈动步伐。
两位老人小作去了，许在地头。
我俩复坐下，我道：时间是个导师，
它教会了人们思考，让人们懂得了许多世事。

今天，走着开拓的道路光荣自豪，
历史的土地，数千年灿烂文明，
曾经震撼世界，卷起巨浪波涛。
这里，优秀的科学家、诗人、艺术家创造发明；
这里，民族的英雄辈出，人民勇敢勤劳；
这里，历史的车轮滚滚有声，发着呼鸣。
听到了吗？大地的呼唤，时代的呼唤，
你们将再创造些什么？今生年年！

一一八

不错，我听到了一种呼唤，
古老的大国犹如一头睡狮，
睡狮已经醒来，睁开眼，吼声相伴，
站立起来，威严巨身好似磐石；
她游动着，在广袤的青色之原；
她飞腾着，力量之泉躯中旋激。
向那前方，前方，曙光所在，
她已瞭望到缕缕光芒向她奔来。

嗯，许多美好无疑已成事实，
嫦娥奔月的梦不是虚幻。
卫星上天，原子聚变震动于世，
这片土地光电熊熊正燃。
建设者们、劳动大军勤劳务实，
顺天应地，洒热汗，排万难，
公而忘我，祖国利益最高！
在拼搏，在体验，共同依偎着祖国怀抱！

一一九

时光河流上，我们做个撑舵者，
现实的生活充满生气，
恰给我们创造机遇，实属难得。
人人平等，公允仁义，
像有无数歌喉放歌。
一条巨轮驶向光的源地，
犁起道道的波痕，蘸着粼粼的金光，
起航！起航！披着明辉光芒。

巨轮，巨轮，远航！远航！
闯过了暗礁险滩，闯过了漩涡；
旋而乘风破浪，恒信坚强，
掠过了天空绚丽的花朵。
有时航程现出阴云、暴风、洪浪，
有时历史的河流发生颠簸，
峥嵘岁月终显示出她的深沉，
时光已志下段段辉煌的历程。

一二〇

当心内畅想，不由激动未已，
回味与憧憬交融为美景。
时光过了几些时候，无声无息，
唯留痕于记忆，看不清她的影。
我念起传贵，欲将行离，
便道：时候不早，该当起行。
青年道：莫慌，不妨还坐。
我回道：感谢！机会仍有许多。

再会，朋友！多谢美意。
你的名字当告我铭记于心。
哦，青年介绍，他单名福齐。
“好名字，”我戏道：“大约是载福齐行。”
“哈哈，”青年笑道，“先生所想好哩，
见道高明，耳目一新。”
由而心语：但愿处处家园繁荣兴旺，
朝着明天同筑幸福辉煌！

一二

太阳欲将偏西，天空愈壮丽，
群山、村庄已染得一片金黄。
路人络绎不绝，有的肩挑手提，
扶老携幼者可见得欢畅。
一位老人穿着粗布淡衣，
提袋满满，走在前方。
时开过一辆车子，带来一阵繁闹，
当驶过桥梁，迅速奔跑。

真真好景油然可赞：美啊！
路的两侧、房屋间或漏出开阔的原野，
绿风拂着脸上，春的动力啦！
燕子、蜻蜓在盘旋，可否有个休歇？
你看，远远的醒目的厂房呀！
一个水泥厂是否沈传贵管接？
瞧，那还较远，却是巍然，
若只金凤凰落地欲作飞旋。

一二二

我顶了斜阳行了一程，
一对石狮蹲立桥头前，
栩栩如生，活灵活现似真身，
威仪沉思，圆眼若将四面瞭观，
精巧的雕艺，独特的形神。
我暗有惊慕，赞叹溢于容面。
再细瞧，好一座古桥呢！
三眼桥，厚重巨石勾结。

风风雨雨，千年牢固。
我心内发语：人间自有奇迹！
古时能工巧匠为后世造福。
巨石出山，千锤百击；
先人智慧，实堪记述。
我仿佛看到什么顶天立地。
这般的奇迹远古原算不得什么，
这般的奇迹现今又算得什么。

一二三

桥长约二十米，立上半米高石栏；
宽约七米，石铺桥面宽敞；
桥高约六米，行船无碍方便。
两侧相望，河水静静流淌。
几只小船驶来，几只泊于岸边；
划船人敞着头，摇着橹桨。
有的坐船上，望了村庄岸柳，
一石一泥一草似将了人的神勾。

船夫们平静，如了河水一般，
音声缥缈，船行来泛起涟漪。
当风儿吹起而过，眼睛如风一般，
心上吹过了阵阵的惬意。
肥沃的田野预告着又一个丰年，
一喜讯传至每个人心底。
在我的心底，灵秀兼有浑厚，
恰似人与大地的性子，两者兼有。

一二四

岁月的河，千百年自然的陈迹；
岁月的河，日日地静歌；
歌唱着肥沃、富饶、幸福、美丽！
歌唱着新生、生活的热烈！
歌唱着变迁，豪迈的步子响起！
歌唱着友爱、现实的和谐！
当我闪电思索过后，
不由追溯起河的源头。

当年修建水库，我上着小学，
几万大军挖山筑坝，整整两冬；
彩旗飞扬，号子声不绝；
宣传队上工地，气势雄雄；
大家鼓足劲，累了顾不上歇。
众人说得好，修造水库为民为公，
哺育四方，灌溉百万田园；
添砖加瓦，留给后代方便。

一二五

我猜度：水库大坝当建成发电厂，
记忆差点遗漏，一点不错。
每当骤雨初至，富有电量。
夏秋灌溉为主，水量调削。
电能输送千家万户，百里八方，
支援生产，改善群众生活。
煤油时代结束，成为历史；
新时代开辟，迎来梦寐之时。

多少人的梦想仿佛摸得着了，
虔诚的憧憬变成了现实；
多少的心从此颤动了，
美好的景愿化为现实；
多少人欢呼着，站在高山之巅呼唤，
强烈的意识融入了现实。
欢呼！群众的智慧，群体的力量。
欢呼！幸福之花遍播芬芳。

一二六

桥边，春光美景别般宜人，
四下里人景融融，迎风送华。
桥边，多少颗心连，思绪仿若升腾，
仿佛历史承传，至此传来佳话。
我们走过的路纵然远长，也无什么可论，
只是经历稍多，见识稍多吧。
有志不在年高，无志空长百岁。
青年贵在立志，一辈不会有愧！

不错，心屡屡在语：传贵好个模范！
人生之路纵使漫长，每一步牢靠实在。
人不能飞，但是干劲可以冲天。
人凭借智慧能够走得更远更快。
学习是种方式，知识是前进之箭。
知识是个海洋，点滴可作用来。
看取进步，掌握知识技能本领，
结合实践，益处无尽。

一二七

走在桥面，我深深地回望：朋友!

遥视远方，心波随水波轻旋。

这样走过了桥，再看取前头。

桃园镇美景扑入眼帘——

稠密的村舍，碧绿的田园，青色的山头；

笔直的街道，沥青铺洒的路面；

纷繁的店铺，川流的行人；

衣款新颖的青年，最可将人吸引。

四下一望，整个城镇依偎着清河，

绿带缠裹，绿林护卫。

我深深感触：大变了样，自成一格，

色彩多了，楼厦起了，群楼威威；

工厂作坊现了，镇上气氛热烈；

车辆多了，款式造型新美；

商贩聚集，坐东布西经营；

物产商品丰裕，各方各面流行。

一二八

我久久地伫立，久久地凝思；
我久久地环视，久久地瞭望；
有什么成果百般地出世？
有什么成果着实地结在心上？
一条清河，镇廊顶着斜日，
太美太美，像憧憬的梦想！
清河放绸带，万马奔山口，
巨手擎火把，照明古镇头。

这会儿，一辆宣传车缓缓开过，
标准的口音宣传社会政策。
一张宣传彩布将车前身盖着，
一只喇叭将四周烘得暖热。
若阳光雨露沐浴幸福之果，
若春风在每个人心头吹彻。
莽莽我神州，气势雄赳赳。
万心悉归至，诸事何论愁。

一二九

正前一群妇女簇拥交谈。
走近细看，服饰好是别异，
扎着头巾，背着布袋，戴着耳环，
肤色略黑，言语尚是清晰，
端视其身，满身色彩斑斓，
穿着裙服，百叶式的统一，
青的，花的，妩媚、美丽、大方，
少数民族同胞迢迢来到远方。

瞧！瞧！她们个头不高，也不算矮，
谈些什么，我隐隐地听清，
“到处好新鲜，我们乍到初来。”
“处处看火色，目难接应。”
“今日买卖合适，盼呵照来。”
“收获要得，赶后再行。”
“再要留几日，然后走走各地。”
“怎么能忘记桃园镇的美丽！”

一三〇

两个少数民族妇女聚一边交谈，
不远一位正与顾客交易，
一串首饰手中掂了又掂，
问道：便宜一点，愿不愿意？
客人稍思回道：好吧，就买这串。
当即交易，货真价实适宜。
满意！客人点头笑笑离开。
瞧瞧背影有所气派。

朋友，请感受少数民族妇女群体流动，
来自远方又将走向远方，
多样的性子概显从容，
没有喧嚷，没有争论，没有颓唐。
出外行商，遇到困难无妨；
学见识，开眼界，心恬畅。
行得远远，传播民族佳话；
行得远远，感觉亲如一家。

—三—

我走近一位少数民族妇女跟前，听人问道：
贵客来自何处？哪个民族？
回道：甘州，土家族，大家出来走一遭。
语言极快，音调中度，却是清楚。
她明眸善睐，神光将人笼罩，
扎着头巾，发丝外面少留；
古朴的装束纵不为时派，
特有的服饰颇令人开怀。

她的手中几串饰链转了一转，
问旁人道：这串饰链，愿不愿买？
他默默微笑，看后拿起掂掂，
倘是所需，定将让她欢快。
她并没什么，平静如若先前。
观客感到宽慰，心绪流水快哉。
她望了远处，街道、店铺、车流、夕阳，
静静的神想恐飞至了家乡。

一三二

我依恋地走了，依依地望了她们，
走过大路，走过小道，
我晤见了传贵，他正进门。
他与父母生活，纵然天天行跑。
孩子慢慢长大，读书说来认真，
孩子的母亲做过农活，后被小厂录招。
传贵的父母健在，谈吐自然，
额头布了皱纹，时光晃过了几年。

传贵两口见到我，格外惊讶，
问我怎么而来，过去、现在的情况。
山河茫茫，相距迢迢，两地相跨；
交通纵便，事务缠身，只能遥想。
我对他们道：变了，城镇大变了，
连同你们气派了许多，真像个样。
他们家楼两层，宽敞、别致、舒适，
屋内用具精简，一番清新的布置。

一三三

细瞧，传贵模样变化了些，
肌肤稍粗，目光炯炯，沉稳冷静，
像胸有成竹，形态从容敏捷，
穿着略微讲究，略为新颖；
四方大脸，轮廓鲜明贴切；
下唇一匝胡须倒也均匀，
浓眉、宽额、大耳、平发，
白底衬衣捋袖，皮鞋锃亮光滑。

传贵问我家乡有怎样的变化？
工作生活是否幸福愉快？
一些朋友许多年挂念常话。
这些年他忙碌，日日紧安排，
壮胆接管水泥厂，天塌下也得撑啦；
吃了老经验，学了新一套，业务没徘徊。
间而，传贵妻插上一句：
亏了他，家里全丢了，节奏像把拉锯。

一三四

夜深了，传贵陪我谈了半宿，
寝而无眠，不觉时光快逝。
传贵道：四年前的春天，事情理理梳梳，
县水泥厂厂长把职辞，
一时传谈纷纷，人心暗浮。
原厂长倒也无错，方法直板平实，
大气候影响，厂子效益欠佳，
众人难于理解，心底石头落不下。

传贵道：我当时正在镇上农副加工厂，
任厂长，产出好几类产品，
原料足，销路好，生产日见兴旺，
大伙积极性高，力在一根绳上拧。
为了厂舍得拼，内紧外忙，
哪管图不了舒适，享不了安宁。
人心是个宝，人心齐，泰山移，
众人拾柴，合心合力。

一三五

传贵介绍，水泥厂，三百多号人，
一厂无主，生产渐显停滞。
对此县上工作组进驻调整，
遴选合适人选，过去些日子。
有人提议传贵，确因他广有名声，
数度受表彰，县里排上名次。
部门来商谈，邀他走马上任，
县里的意见如一股新风。

传贵一时感觉茫然，似乎无所适从，
原厂已干多年，感觉意切情真。
大伙融洽，团结创业与共，
不易走到一块，真个难以离身。
许多的日子，苦累与幸福相融；
许多的日子，大伙儿当家做主人。
他对县里同志道：给几天时间，
让我思考，与多方沟通谈谈。

一三六

夜里，传贵的思想打了个仗，
翻来覆去琢磨县上的谈话。
若上任一条龙管理须跟上，
时间精力等等暂不提它，
更大的付出无疑难量。
这些暂放放，大伙意见怎样啦？
第二日，他一旁跟几个伙伴商谈，
意见各有千秋，未能定夺期愿。

由此他想起老同志，联想起往事，
没有老同志，兴许没有厂。
初期厂有多大？小规模，仅仅几位同志。
元勋们从无到有把事业开创，
数十载任劳任怨，摒弃自私。
像神经触动，往昔岂能忘怀。
传贵特邀老伙计们各抒己见，
精神屡受鼓舞，备觉甘甜。

一三七

一位老伙计五十多岁了，
劳动积极分子，好把式，
他对传贵道：传贵，干事业靠搏啊！
今日厂子来之不易，但处处有担子；
这次来了难得的锻炼机会啦。
嗯，伙计们感情别论，担子尽管难辞，
事业召唤譬如剑出鞘，
去再干一番大事，莫畏操劳。

开卷有益，心中无悔。
前辈叫陈善耕，普通得很。
他激动的眼光看着传贵，像是鼓擂。
传贵情绪激动，像遇见了真神。
老伙计们多予鼓舞，敞开心扉，
像一浪浪洪流，像一阵阵呼声，
像春风化雨，动力引出无穷。
传贵的想法趋近明朗，大伙心心交融。

一三八

传贵的出调事宜掀动了大伙心波，
所获鼓励难能可贵，
一部分伙伴尽力挽留不说。
跟随潮流，传贵心中无忧无愧，
他与县上同志会面，话语直落：
人应当有所精神，有所作为；
对县上的举荐，表示遵从感激。
县上道：好！传贵同志，望你再创奇迹！

传贵答道：奇迹不敢讲，尽力吧，
调动大家的积极性，凝成一片心；
传统经验再创新，多年的老做法，
不知说得对不对？各位莫要隐瞒高明。
县上道：对得很，千真万确嘛！
个人力量单薄，集中智慧聚巨劲；
欢迎你，传贵同志，祝贺你，勇挑担子，
祝愿更上一层楼，大长志气。

一三九

传贵拟调，镇里难舍不下，
后来仍是支持全局大事。
镇上人才储备，大加选拔，
事业兴旺在乎人心人志。
传贵告别大伙，走入新岗位，
纵使离别，想念时时。
老地方，老情谊勾着他的回想；
新岗位，新同志，全换了模样。

初始，不禁热血油然翻沸，
厂区宽大，始建八年之前，
逐年建设，大规模生产具备；
布局合理，大体算得美善。
但见草木，绿色护着玫瑰，
群山依伴，职工往来频繁。
好地方啊，桃园镇里奇葩美！
旋而脑海闪过疑点飞飞。

一四〇

尔后传贵在全厂查巡几番，
频与职工交谈，掌握基本情况：
机械设备部分陈旧，需要修换；
生产效率欠佳，时有滞产影响；
几道环节浪费，有人不以为然；
非生产开销偏高，负担够呛；
职工思想参差，情绪不一，
部分有所非议，倒就值得一提。

论起业务技能，部分缺失钻研；
牵挂工作不够，谈论个人偏多。
传贵冷静分析，情况确需改变，
弘扬正气，提倡奋斗，反对懒惰；
摒弃自私自利，乐吃苦比贡献；
优良传统、好法宝像航舵，
照此干事业，大小难有偏差。
真正的英雄是谁？职工群众不假。

—四—

坚定有效管理，发挥群体效用，
传贵连日召开工人代表、有关人员会议，
有位老伙计孙起尊话声咚咚，
知天命年，直率得很，表里合一。
听他道：干工作要把大家调动，
像一个人，几个人，怎样干都没底，
经历的事情，成功与失败，
无非说明这点，道理明摆。

嗯，曾经的历程看得清，记得清，
社会面貌翻天覆地，
从废墟里站起，开拓前进；
亿万群众满腔热情，献计献力，
吃苦流汗，愈是觉得甜心；
康庄大道上灿烂图景描绘起！
树理想的旗，建设文明富强祖国，
新生的古国健壮而生机勃勃！

一四二

今日效益要上，重在一个严字，
纪律严，松散作风一扫而清；
生产严，爱惜机械，莫误时；
节约严，每道工序，每个环节上心；
学习严，活学联工作，主人挑担子；
团结、紧张、活泼，创造美环境。
让人人献计献策，争比贡献；
让人人为公为厂，私利不沾。

一个人好像一棵树，独木不为树林，
满目青山，活力蕴存。
一个人，一份力量，固不可惊；
一个集体，人人使劲，地动山震。
依靠全体，人人倾以诚心。
攻难关，扫障碍，事无不成。
大伙道：厂长，你年富力强，有经验，
像火车头，盼着带领大家勇过关！

一四三

传贵道：好，好，宝贵的心愿！
另位同人道：讲来盼望巧干巧拼，
事情成败与否，在人与诸多方面，
经营不外其中，宜当长记在心。
一位同人道：工厂好像一条船，
行进中须有航标指引，
原动力是什么？众志成城！
朝向目标，不误航程。

一位同人，几十年的核算管理师，
当初沉默，后头侃侃叙说：
我只搬弄数字，三句话本行，不离一时，
办事得合符核算，划得来啰，
进料、生产、销售照严格套式；
常抓不松手，天师傅感动哟。
嗬，心齐整，火车头重要，
精细管理，形势朝前跑。

一四四

发言活跃，无所保留。
事业靠大家，人无三头六臂，
生产流程知识应须熟有。
尔后传贵领几名骨干直下车间工地，
水泥主原料矿质优，
厂区选址坐落原料地。
这里绵延的大山蕴储丰富矿藏，
十多年前国家地质队曾勘探本乡。

不错，矿产探明，山乡人民之福，
自然的馈赠，大地的美形！
遥想未来，社会进化，国家富裕，
信不信？当然一点不打紧。
那并非遥远，现代才是美啦！
那或许过早预知，聊以憧憬。
现实最美，让我们紧紧把握住！
为大众的事业，得不管苦累。

一四五

传贵深入矿区，现场察看情况，
时不时传来叮当隆隆声，
偶有汽车驶来运装石矿。
放眼望望，小座山头像了空城，
露出一片平地，足够宽敞。
但是掘山不止，日有延伸。
山高路陡正有难度，
他体谅同伴们劳动之苦。

工伴见传贵来到满是高兴，
放下活计，纷纷围拢身。
传贵道：各位辛苦了，长年累月不停。
手泡伤没有？身体是否适应？等等。
大家一时鸦雀无声，是否被感应？
一会儿，一名青年道：厂长，事情怕那认真，
看，看，我的身体很棒，即使有点小痛，
挺挺就过去，鼓鼓气管用。

一四六

听着道来传贵连连点头赞许，
大伙纷纷说开，如何应对困难。
传贵道：好！共同加以克服。
大伙情绪饱满，心间障碍破，
吐尽心里话，彼此无隔阻。
宝贵建议传贵悉纳，便于改进工作。
一道相聚，可贺可喜，
心心相惜，增进珍贵的友谊！

这里，堆积着一些矿石，
劳动者、车辆、机械融合井然。
远处，仍有轰轰之音传至。
另一个矿场，同一片蓝天，
同样的劳动，同伴们没有歇止。
传贵又道：各位，一切靠大家实干，
厂子兴旺来于双手开创，
让同舟共济，乘风破浪！

一四七

倾刻，传贵的思想似旋转了，
仿佛有一个真理在心中明确，
团结群众，依靠群众是胜利之法，
人民是历史的前进动力，真正的圣哲！
一个人终是渺小，纵所谓能耐称大。
一个人智慧纵高，犹如树木独个。
又一种声音，团结就是力量，
响起了，向心腔冲荡。

其间，传贵与同伴们目光相依。
传贵发觉有位伙伴欲言又止，
便道：伙伴们，有话当言而尽意，
只管地说，不管是何想头。
一阵沉默，终于有位中年伙计说起：
厂长，我进厂八年了，一直在此坚守，
厂长开明，我无须隐瞒什么啰，
个人的老病、风湿病渐渐发作。

一四八

听到，他幼时家境较清寒，
姊妹众多，负担偏重。
自小干农活，
砍柴挑担，
天寒薄鞋，衣单身空，
常常下水，长时沾寒，
久而久之脚现病痛。
无奈后来尝试医治，
略有好转，却复发多次。

八年前，他蒙受照顾，
被安排进厂，干上这新活。
说实在，怎么也是托福。
干了八年，少管病痛医药。
后来，他渐感觉支撑不住，
却少有请假，怕影响干活。
论体质，他确有些不适啦，
个人所言是个心里话。

一四九

听过传贵生出同情，心境共鸣，
传贵知道，好个倔强的汉子，
对待活计兢兢业业，苦苦践行，
身体欠佳，仍不懈坚持；
难得的行为，可贵的品性，
无愧于厂，无愧于己。
骨气的汉子！大伙深深理解，
所提要求合理，传贵心里应接。

稍许，传贵说道：伙伴同志们，
焕生的话各位现场听啦，
大伙各得其所，尽着本分。
人心都是肉长，真不换假，
我现在决定将冯焕生工作变更。
稍停顿，传贵继续道：大家有不同意见吗？
大伙不约而同道：好，好，恭喜！
感谢厂长！决定合乎大家心意。

一五〇

传贵感到走进了大伙心中，
情难禁，欣慰生。
他再度感受一种情深义重，
分外宝贵，不宜割分。
集体由一个个细胞共同组成。
一个集体若闪出光彩，需突出个体成分。
一个厂若创造辉煌，成就业绩，
须得大家齐同协力。

传贵对我道：一个人没有什么了不起，
真正的力量在乎群众大家。
一个主体事物开拓什么奇迹，
真正的力量在乎热诚之中升华。
嗯，前程终归广阔万里，
真正的梦想在乎奋斗中升华！
大家齐拉着手，不断前进，
真正的前程在乎美丽的远境。

一五一

传贵道：焕生的工作两天作了变换，
仓储保管安排适宜。
如风的消息全厂传散，
群人的眼睛雪亮，富蕴情义。
及时的举动引来群赞，
恰当的评判添着欣喜。
熟悉了同伴，认识了朋友，
对于我，大伙儿渐而明白清楚。

传贵续说，规章制度已定，略作完善，
人为主宰，该懂得非凡的意义。
职工为企业的主宰决非新谈。
主人请真正发挥应有权利，
负责人若真正引路向前，
事情圆满当有个八九不离。
初时，合力抓生产促销售，
抓牢中心，事事有奔路。

一五二

传贵谈着，往下落实人员，点兵点将，
乍看容易，不成问题，
个别人想法却是不一，偏偏转向。
不愿外跑，谈论家事难离，
实际唯愿安宁，甘守稳当。
一位中年伙计名叫文世礼，
是个能干人，车间里负责，
大伙推他主持销售，初次沟通小遇阻隔。

传贵谈道，他的助手、副厂长刘正人，
与世礼谈了一席未成功。
他获知情况，很想了一阵，
看看须亲自出马，与世礼谈上一通。
次日传贵找来世礼，就事而论，
道：你也算是条飞龙，
过去，你做了许多工作，大家心中有数，
今日厂里新提议，望你激流勇出。

一五三

传贵接而道：老哥，大家很是看得起你，
现今厂里遇困，盼你分挑重担共行，
家里的事让家人去打理，
你以大局为重吧！掂量掂量，
逢时而出，去创造更大成绩。
纵有困阻，前路终究明亮。
大家抬你任销售主职，
往后重要工作你直接通报，随时。

传贵介绍，世礼老哥论年纪长两岁，
俩无疑称作同代人，
传贵道：好兄长，不妨显示工作之威，
事业不怕干不成，怕就怕认真。
人具备了一种精神，坚石可踩碎。
随而问道：你还有想法没有？事业携手共撑！
一会儿世礼说道：好吧！厂长，
你的话把我打动，调得我的情绪高昂。

一五四

传贵情不自禁道：老哥，感谢你！
看你今后大显身手啊。
现在销售团队比较整齐，
相约走南闯北，再难不怕。
如此外部队伍四面出击，
广告销售、签订合同，几城连下。
其间纷繁操劳，时来用户查看，
本厂展示全貌，推介产品生产。

用户至上，诚信第一，抱定宗旨，
我们尝了甜头，固然高兴，
或也碰了麻烦，间有某时。
水泥有规格高低，多种活性，
各种标号，凝结力不同标志。
遇个别用户要求走高，产品相对乏劲，
部分销售不对路，一时是新话，
我们被敲了警钟，像有重压。

一五五

夜深了，月光洒进屋来。
我们睡意全无，心心相融。
明日恰休息日，精神可松放开。
我静听传贵所言，神思随动。
传贵道：我曾问一个青年，你有何感怀？
学习铁人，内在产生了怎样作用？
青年答道：厂长，学习的确很好，
鼓劲长知识，认识促提高。

青年道：许多的日子，我以祖国感到自豪，
祖国历史辉煌，博大精深文化。
有时未免淡忘，重温则有必要；
吸收养料，绽放信念之花。
从现在形势看，厂里生产趋好，
走向正常，走向兴旺，人同样是大家。
听传贵道：精神源泉，力无穷尽，
像大厦的支柱，牢固坚定。

一五六

我听得入迷，传贵谈得着迷。
当一时沉寂，隐隐闻蛙声杳杳，
好似温暖，伴虫声唧唧。
溶溶月色正好将窗铺照，
此情此景正是适宜。
传贵道：一个核心分配问题慎之紧要，
我提了初步设想、基础方案，
适当拉开档次，酬劳比照劳动贡献。

传贵介绍，按劳计酬，打破大锅饭，
合理分配原则，好厂策。
职工大伙积极性高涨，自觉地干。
全厂倡导好的劳动风格，
多奉献，比贡献，个人得失不攀看。
多数同伴状态佳，无所顾虑。
不排除极个别人精神衰靡，
认为没搞头，对此当摆道理。

一五七

传贵道：这种患得患失，无异自私自利，
为什么产生？自有根源，
类似的思想应当清理。
为什么身健的人不能思想得到健全？
为什么灵敏的大脑总是想着自己？
我的心作个回答一时颇难。
但是细忖，素质教育关系甚大，
如果心脑受到不当熏染，宝贵精神许被击垮。

传贵道：找该同志谈心，我看有必需，
当他进入办公室，我正在伏案，
便先拉扯家常，他就兴奋显出，
彼此谈得拢，找到共同语言。
传贵接而道：一个人贵在想得远，顾大局，
莫计较得失，莫看着眼前；
人要有点精神，有所价值！
人生应当怎样度过？为公才值。

一五八

传贵道：没有什么特殊的材料，
真正的英雄是谁？唯有同伴们，
我领会普遍真理的作用。
人力无穷，创业无穷，才有发展前程。
传贵说道，止不住激动。
接着我道：传贵，明日好个日辰，
休息日，我的记忆不至有误，
不妨到厂里走走，饱饱眼福。

我们睡了，睡得甜甜。
早晨稍稍起迟也没关系。
十点，我们步行，肩并着肩，
走小街，沿马路，到达厂里，
时间方过两刻多点。
春光悠悠，舒心惬意。
这里，群山起伏绵延，
山头高耸，近处颇觉威然。

一五九

的确好个幽雅的处所，绿树成荫，
看不到太多的行人出入厂门。
所行者或缓或匆，提袋背包相映。
见了厂长忙招呼，传贵热情相问，
有时驻步言谈，表以热情；
稍作寒暄，像昭示一种象征。
进了厂区，传贵带我各处看看，
我感到惊奇，县办企业好不一般。

今日仍有机器的轰鸣，匆匆的工人，
快快的节奏仿无间歇。
我的思维撞出谐和的呼声，
于平凡中放出了色彩。
这里蕴藏着严密、团结、真诚，
包裹着欢快、活泼、热烈。
我心深处发出油然的默呼，
朋友及其众同人，辛苦！辛苦！

一六〇

一边走着，传贵一边介绍，
厂里生产正常，销售正旺，
日产水泥数百吨不少。
半数生产能力系改造新上，
现在形势稳定，谓之福星高照，
主要原因呢？归于精神、管理、市场力量。
他的同人们消除私心杂念，
对待事业工作快而无怨。

一种企业精神倡导起来，
想主人责，说主人话，做主人事。
大家是主人，主人意识不衰，
人心相齐，合力一致，
困难险阻无不可排。
动脑动手，有为求实，
大局上藐视困难，具体中战胜困难，
为公为厂，大约这般。

一六一

这时，我说道：传贵，你算是好汉英雄！
传贵道：哪里的话，我不过一兵，
在社会中凭颗心发挥能动，
算不得什么。论到社会文明、
大同世界、平等幸福繁荣，
如各尽所能，当有欢乐，有开创，有前进。
我默想：光明远景时时在诱惑，
人类未来必将结出美果！

缓过神，我竖起拇指道：传贵，你的高见！
你的行动即是榜样。
前方的路纵然曲折长远，
大伙的心却火炉一般亮堂，
彼此融汇，能见到前景的灿烂。
让心迸发出火花，瞩目世界的辉煌，
创造不止，建设美丽国家，
为了全人类，心中常牵挂！

一六二

传贵道：人的一生，长而短暂，
人啊一生应当有所价值，
浑浑噩噩哪可留念？
有时满身劳累，烦恼有之，
但一想到事业，劲自平添。
趁年富力强，干一番大事，
大事，说到底，平凡得很，
建功立业，领着同伴们。

嗯，事业积小而大，步步发展，
对待工作，不宜过火过急，
切忌掺杂虚假，幻想一步登天。
信念的支柱是一面旗，
沿着大道越走越宽，
征途上步子不能停息。
我们应当有缜密思考，
任重道远，前进不退。

一六三

我与传贵徜徉林间小道，
阵阵清风吹拂我们之间。
林木耸立，鸟儿飞翔，
厂房庞然，显明近变，
心里舒畅，流诸面貌。
我问道：传贵，往后你有何打算？
传贵思索道：稳扎稳打，
步步为营，勤管狠抓。

传贵道：我崇尚一种精神，正直诚实，
公平竞争，互惠互利。
服务于公鼓气志，
要勇于抛去一己之利；
走到哪里，工作岂分时日，
一生当为社会、为他人谋利益。
我道：生命诚无价，至上光荣，
为社会与人们造福，才是真正的英雄！

一六四

我们要齐心建设新社会，
我们要开创光彩夺目的新文明，
我们要建设前所未有的新社会，
我们要开创自由平等的新文明，
呼风唤雨，气壮山河敢为，
排山倒海，势盖天顶。
我们要达到富裕与幸福，
没有流血，没有公私的冲突。

智慧、勤劳、勇敢的人民——国家的主人！
我们要敢于战胜艰难困苦，
我们要敢于舍去必要的牺牲，
我们将不畏千万险阻，
我们誓护卫祖国的神圣，
我们去双手迎接人类的复兴，
我们要开创前所未有的文明，
我们的文明光芒四射，锃亮崭新！

一六五

我们要抛弃渺小的一己之利，
我们要抛弃无为的怯弱，
我们要抛弃虚浮的旧习，
我们要抛弃安于现状的懒惰，
我们要捍卫崇高的真理，
我们要一以贯之的谋、勇、果，
我们要达到富裕与幸福，
我们要没有纷争与冲突！

我们行游世界的海洋，
我们欲达到辉煌的彼岸，
我们共驾舟船，渡到前方，
纵然艰难，风浪频繁，
我们对社会的前途充满希望，
自由、平等、仁爱是社会发展的必然，
我们乘规律之舟迎接火的光明，
我们的内在充满了信心豪情。

一六六

与传贵共同盘桓，相觉益好，
舒步从容，俯望秀丽故园。
端的壮美，太阳升得高高！
丘岗之下，一片宽阔的平原；
一条清江，涟漪清笑；
间有鸟儿疾飞，掠过眼帘。
晨风送着温暖与惬意，
好一条绸带拂着心底。

新的一天，新的希望，新的创造，
有人扛着锄锹，去田野耕耘；
有人走上马路，好似微跑；
孩子们往来，飘着彩巾；
汽车、拖拉机奔突着驶上大桥；
农贸集市上人头攒动，一派繁华状景。
俩甜甜地深呼吸气，
心道：城乡兴旺了，百样欢喜！

一六七

一种同感升腾心坎，
我又隐见高耸的铁塔，
昨日之景醉我心。
一个形象光荣无瑕，
雄踞眼帘，生光不停，
令人仰视，浑披光华。
仿佛瞧见几个字眼：大公诚实，
在该形象之上显明似此。

当归家，传贵嘱我今日随意走走，
直如一家，直如家乡。
我颇赏心，似登高楼。
自然与人莫不相仿，
今日异地可好生游走。
太美呀，帧帧美景幻过绵长。
稍稍小别，我轻装向外走去，
日光裹照，普洒无余。

一六八

我缓缓前去，独自一人，
河畔一片茂密绿林，
一片橘树林苍绿深深，
缀满花蕾，蕾蕾生情。
不远稻田吹来赏心的风，
春的田野裹着希望降临。
我浮想联翩，又靠拢，
一位青年农人走过来，脸颊微红。

美丽的太阳照耀我踏着垄上。
他见了我微微一笑，暗有欢喜。
我招呼道：早啊，今年收成叫得响！
他答道：啊，是好啊，不瞒你，
稻种全是杂交，一季亩产过千斤有望，
科学有前景，技术好给力；
今年果树挂果密，收入该有几千元，
镇里大量收购优果，调运方便。

一六九

青年介绍，今年家有余粮三千斤，
丰收不能忘本，全卖给国家。
农时县派农技员送宝传经，
蹲点扎根，身子沉下，
手把手教乡亲，田间地头现身影。
现在他接了调令走啦。
当然，技术上青年能传授别人，
一个土技术员可派上用场。

我听了一阵，道：好啊，听来特别欣慰！
便点着头，挥手告别，走向河边，
穿过三五稀疏的树林，见浩浩的河水，
水起微波，河心三两只木船，
正有人撒着网，网起一小堆。
我目不转睛，眼帘驶进一条船，
一些水鸭灰灵灵，边游边觅食，
跟着主人，叫声让人听痴。

一七〇

水中，浮了圆圆的浅荷，疏疏的青萍，
青青的水草排在近岸。
粗大的樟槐岸上伫立皎皎，
间或荫蔽了些许的地盘，
枝叶轻舞，投下动影。
淡黄的穗浪滚滚扑面。
惬意可醉心，忘乎于天地，
心物相融堪合一。

我的思绪飞了百里，更远，
一样的河流，类似的景致；
一样的道路，类似的田园；
一样的丘峦，类似的村子；
一样的大家庭，同根的故园。
我的心起伏激烈，搐动了手指。
我陶醉了，拥在自然的怀抱！
我陶醉了，拥在时代的怀抱！

一七一

许久，我离开河畔，缓步稳沉，
欲再济览，明朝即将行离。
当我上路，发现更多行人，
来来往往，演绎欢怡。
有的肩挑手提，往集市小奔，
劳动的成果交换可期。
劳动创造幸福，坚信无疑，
最光荣的事情值得大提。

商品经济，一个重要的词汇，
社会发展繁荣之标志。
物产贵交换，价值自然来。
为社会、为人人服务当觉踏实。
生产以交换，生活渠道开。
集市好场所，一桩美事。
这时，河里传过悠扬汽笛声，
打断了思绪，我即投以眼神。

一七二

我徜徉在热烈之中，
走入集镇，倍感亲近。
一色店铺呈示繁荣，
食品店、服装店、百货店、杂货店招牌新，
个挨个，摆成一条龙。
几个大型商场居闹市中心，
国营商业兼有集体、合股所办，
商品琳琅，质量保障供应全。

街道清爽净洁尤赏心，
商场不例外，拂过清风。
这里，快感时将身心来侵。
姑娘们花枝招展，小伙蛮有精神，
服饰地道，时髦赶得紧。
此际悠扬的歌调入耳声声，
我陶醉了，聆听殊美的民族歌曲，
仿佛置人于一片神奇之域。

一七三

啊听，胜利的日子永难忘，
豪情飞，树壮志，实现现代化。
一曲高歌，激越高亢。
《在希望的田野上》——希望之歌啊，
清新浑朴，婉转飞扬，
禾苗仿佛在农民的汗水里抽穗，啊，
一片黄花，一片高粱，东港撒网，西疆播种，
炊烟在新建的住房上飘动。

续听！小伙哟弹琴，姑娘歌唱；
老人们举杯，孩子们欢笑。
我的耳际一阵乐风清爽。
希望之光乡村大地上临照，
农人们虔诚耕耘，生活蒸蒸日上。
数千载文明，历史车轮呼啸，
朝向光明的未来驰骋，
祖国大地鲜花盛开于斯。

一七四

续听！一支难忘的歌曲《工农乐》，
旋律流畅悦耳，轻捷如马蹄声声，
似满怀豪情奔走、跳跃，
流水于山谷放纵奔腾。
续听！信天游别具一格，
黄土高原歌意粗犷横生，
惊天撼地，荡气回肠，
君不妨歌一曲，来日好怀想。

歌声深深地打动了我，
我的神思随歌声飞扬，
化了乐谱满空流波。
当各民族歌曲重新回放，
歌声在高山之巅，大江之畔旋跃。
男女对歌，吐霞爱情芬芳，
五彩斑斓——美丽缤纷的生活，
各族人民放歌亲爱的祖国！

一七五

续前行，目睹图书店，
鼓动高兴劲，轻捷地走进，
几些人不紧不慢选购书，凝着眼，
书架满满，个个崭新。
走出两顾客，我得以撂中间，
唐诗宋词、《红楼梦》《西游记》古典可寻，
《民间谣》《创业史》摆一格，
现代诗歌集、散文选、歌曲本摆几格。

城镇、农业科技书籍书架闹闹，
《致富之路》《实用技术大全》
《庭院经济》《科学与杂交种植》，
尚有少儿读物图美类全；
读书辅助刊物设计精妙，
张张画，山水世态抒真感。
环视书店，备生和谐愉快，
倘若居此，乐愿常常来。

一七六

一个剧院巍然耸于眼前，
距马路十数米，设计精妙；
敞开大门，对应路边，
圆形廊柱，多少恰到，
雅致、谐和、间杂淡艳。
正望有飞鸟停立，隐隐叫。
近前松樟植立路旁，
花坛金菊开得正旺。

金菊素姿雅态，清香四溢，
大花像朵小小向日葵，
小花与野菊相宜，
紫兰之色于金黄中点缀。
智慧的园丁，非凡的创造力，
植花栽树，为了人间的美！
当我端坐石凳之上，
远远近近皆引心头甜畅。

对话录

一七七

园丁、工程师，美的设计创造者！
园林艺术、盆景雕塑举世闻名，
山中花苑、水上亭榭独具一格；
流连忘返，悦目赏心。
中华各个角落艺术之光折射，
区区之地好一个缩影。
一花一树，一泥一石，
点点滴滴，匠心别致。

一位老人靠近下坐，
相问，答道：退休了，偶转一转，
散散心，观观景，好乐活，
工作四十载，开厂转发展。
俩俩攀谈，互暖心窝。
老人姓余，名明生，华发已见，
中等个，头戴一顶遮阳帽，
却遮不住皱纹道道。

一七八

老人介绍，退休后，并非闲着，
做些劳动，力所能及。
挖地种菜算轻活，
读书看报觉甜蜜；
也偶尔过过老人集体生活，
国内外大事心里挂记；
精力不若当年，心却弥坚，
回想过去，曾闯过了多少险滩。

老人道：嚯，任重道远，我们不能歇气，
祖国宏大目标把子民召唤，
华夏振兴，不远可预期；
要脚踏实地，忌虚浮表面。
我道：勇攀高峰，坚持科技第一；
团结如钢铁，开辟人类最美好航线！
社会的一员，争当创业手；
向文明幸福行进，无止无休！

一七九

我又道：老人家，您人老心未老，
精神心态不输当年，
一生不懈气，不负日日朝朝。
老人道：我做的差得远，
过往不值一提，个人所做太渺小；
屡屡回忆大干之年，
大伙合力，热情高涨，
像大江水流注海洋。

老人不禁回忆，来到地方，工作未歇气，
废寝忘食，也顾不得家；
建设设备简陋，多肩抬手提，
凛冽天没有说声不而退却落下。
我道：人贵有精神，谓生命力，
一个人有活的灵魂才不为虚度年华；
创业维艰，万众心连心，
苦斗巧干，须一颗坚心。

一八〇

闻悉多少年前，掀起工业大会战，
一场创举，一场生产大推动，
一场大进军，生产夺翻番，
工业为重头，鼓劲不放松；
赶超先进，向世界宣言；
与时代赛跑，实无上光荣；
社会实践中个个作宣誓，
奋勇当先，像个个战士。

那一年，修建大型粮仓，
任务属于他们团，
恰好不远他的家乡，
大伙儿鼓劲头，该有多欢；
移山填壑，人与机械争上；
战友们身体棒，事事抢先。
半年之久，二十万吨粮仓建成，
速度超前，质量归真。

一八一

老人谈论，一辈子悟懂了些道理，
一个实字格外崇尚，
实干兴邦，毋庸置疑。
不错，事业成功靠汗水浇养。
求真务实，高擎大旗，
弄虚作假，不容市场。
弄虚作假实是毒，
祸乱殃民须铲除。

私欲——万恶之源，你信吗？
老人说得铿锵，眼神闪亮。
我迅速思索，对，对啊，
便点头道：老人家，我真心赞赏，
您是先生，令人信服到家。
一个国家，一个民族长盛兴旺，
在于以实为绳，勇敢开拓，
胜利之舵定在手中把握。

一八二

仿佛老人沉浸一种特殊情调中，
回味着，一辈人闯荡几十年，
昔日条件差，迥然不同，
秩序刚稳定，经济尚零乱，
百业待兴，像坚冰解冻；
广阔的国土生机盎然，
亿万人民自心底欢呼，
创业在望，祖国兴复。

锣鼓擂擂，新号角吹响，
处处听到重建的步子声。
百废俱兴，露出端倪希望，
像脱缰的野马奋蹄前奔，
力与热情、信念铸造理想。
劳动创造中像听到历史的呼声，
世界的主人——人民创造一切！
一个奇迹诞生，龙醒飞腾未歇。

一八三

曾经大家一颗颗红心，
报效祖国，报效人民，以此为喜。
曾几何时，自然灾害虐行，
巨大困难面前经受洗礼。
嚯，我们经受起了，社会克难运行。
我们也曾犯错，盲目心急，
目标过高，欲速不达，
教训深刻，应当杜绝啊。

老人神态平静，毕竟经了风浪，
他的神思将往事咀嚼。
我暂未复言，沉静了片刻时光。
老人道：啊，事业需讲原则，
有个尺码，一步就一步，好高骛远则伤，
快中稳，稳求快，统一两者。
我答道：老人家，您的话在理，
我们应当遵循规律，向科学看齐。

一八四

嗯，前事不忘，后事之师，
从中学到更多，懂得更多，
稳稳扎扎，社会向前；
吃一堑，长一智，好道理啰。
高山峻峰靠大伙勇攀，
前途的路靠大伙儿摸索。
路本来没有，踩在脚下，
看准走上去，没错啊。

世上的路千万条，一条光明之路，
符合历史发展与潮流！
这条路朝向文明、富裕与幸福，
百折不回，无尽无休。
我的眼睛瞭望着前途，
仿佛一支箭疾出鞘头，
穿破黑暗、高山、险水，前奔，前奔！
所向披靡，无往不胜。

一八五

老人沉默片时道：世界充满矛盾，
世界在矛盾中运动发展，
不同社会共生共存，
文明进步大趋势无可阻拦。
老人眼前一亮，我欲想发问，
两颗心灵默契，擦出火花。
嚯，新事物诞生，旧事物衰灭的标志，
像一片片竹笋破土而出，见真挺直。

万事万物发展非一帆风顺，
新旧事物间有着衡量，
旧事物没落岂能甘心，
多面维持谨提防。
但是百川之水汇大海，奔腾不停，
定局已成，心安可放。
树种萌芽，期后竞参天；
星云多姿，日照明鲜颜。

一八六

我接而道：矛盾无所不有，无时不在，
矛盾充满事物，内部作用。
老人道：嗯，有益工作，明理应该，
不迷失方向，不作盲从。
老人兴致高，悠态气派，
双手搁在石桌上时时动动。
好年轻的心，我对他由衷赞赏，
异样欣慰，心溢芬芳。

我默想，矛盾是座山，可以推倒，
你若畏难，袖手旁观则无为；
矛盾是渡水，汹涌滔滔，
你若停止不前，则功亏一篑。
这时，老人道：旧的面貌要换掉，
发展经济，改善生活，步入前轨，
建设一个高度文明的国家。
我应了声：对啊，美好前程的国家！

一八七

我们被一种美好情调笼罩，
思绪像在百花园悠游，
阳光、百鸟、蜂蝶，多美妙！
是什么情调充溢在心头？
——对伟大祖国的无限自豪！
旋即，老人打断我的思绪箭头，
道：千石万砖才能垒砌大厦。
我点头，祖国的大厦雄伟壮丽啊。

老人道：事物在曲折地发展。
我偶有醒悟，如同波浪式螺旋式前进，
一帆风顺，无非空谈。
且听道：事业须认清曲折性，
即使遇了困难，临难不乱，
遇了挫折，逾越前进。
旋间闪悟：让我们善思索，勇开拓，
艰苦奋斗，创造新成果。

一八八

在工作中与寻常生活中，
有的人患得患失，生恐吃亏，
莫说吃苦耐劳，克己奉公，
图的享受舒适，遇难却退，
对他人不是春天般温暖，而是麻木种种，
不善学习，不乐进取，无所作为。
这种人思想道德生了病，
请更新脑子，添几匹马力。

从过去走过来的老把式，
吮吸着新鲜的甘露，
像一株松柏，苍绿笔直；
像一座大山，浑厚质朴。
老前辈，几十年的好把式，
千斤顶撑心头，脚踩坚土，
仿佛我觉得前辈高不可比，
他的身姿与光洁融合一起！

一八九

但看现实纷繁生活之中，
有的人患得患失，自私自利，
互而攀比，大不相同。
这种人说来好似怪异，
像低级生物一个鼻孔，
思想原始，格调甚低，
精神的病人可悲可悲，
复活心灵才属宝贵。

让那些耻辱的思想丢去吧！
一个美好的灵魂有益世人。
为人人服务，非为个人谋划，
从大众利益出发，非自我算计较真。
一个高尚的人大度、公正、豁达，
一个庸俗的人满脑淤泥深深。
清理淤泥，自我高尚，
时势召唤，其锐难当。

一九〇

人的一生应当怎样度过才有意义?
英雄的人们已做出回答——
一切献给人民，一切为了人民利益!
多么鲜明与实在的回答。
最可贵的贡献，平凡寓藏伟奇。
好榜样！时代里绽放如花。
一颗颗亮星，一枚枚赤心，
光与热投向大地与人民。

什么力量才最能激起人的感慨?
怎样的人才属精神圣哲?
谁催人奋进——新的时代?
谁令人感怀——拥有至上操节?
普通的勤务员，或许有人看不上来，
啊，他恰有光点源源地散射。
精神之厦垒砌拔地，
世世代代巍然耸立。

一九一

我注视着老人一神一态，
时时沉浸联想之中。
美好的精神每个人应当拥戴，
美好的精神应当成为行为的原动力。
有限的生命投入祖国事业中来，
苦亦为乐，苦亦为荣。
祖国的大业是一座巍巍之厦，
让千千万万人添砖加瓦。

老人偶沉默思考，
又道：国家地大物博，
一朝发展，如若巨狮呼啸，
振聋发聩，其景定将炫目。
闪过心语：每一个国人宜当知晓，
拣挑重担，责无旁落，
团结、进取、勤劳、顽强，
埋头苦干，重压可扛。

一九二

上述在我的深心莫不认同。
接而老人谈道，有的人庸惰玩乐，
好像生来任性放纵，
有所要求，格外选择。
但是，一个真正的人应该熟懂，
一个人的成长应具有的品格。
看看一个光辉的楷模，
他对待人民无私忘我。

好逸恶劳，则何能何德，
旧的瘤毒尚未消除，
脑中作怪，与中轴抵拆。
这种人工作惰性顽固，
拈轻怕重，忘掉了原则。
一个人成为落潮儿，将被历史潮流湮没。
一个人活得有意义，有模有样，
生活就像花开，四溢芬芳。

一九三

看看世间，有人对世事感觉厌倦，
对待生活，缺乏信心，
无精打采，病恹恹一般，
疲疲沓沓，工作生活乏劲。
请啊，繁生力与信念！
一种宝贵信念像大柱高擎，
是号角，嘹亮吹响，
是剑，征途闪亮。

一个人，精神如何可以平庸？
一个人，怎的可以失去灵魂？
我希望遍地皆英雄，
哪管普通的英雄，普通的个人。
一粒种子当春天来临，生机融融，
沐浴风雨，破土而出。
一个人不可以失掉信念，
一个人在历史路途应当向前！

一九四

老人谈论着，世界色彩缤纷，
我们每前进一步需要动力，
克服困难，解决矛盾。
一叶障目去躲离，
无异软弱，失败沉沦。
在前进道路上，我们应当敢于胜利，
冲破一个个障碍，跨过一道道险壑，
我们应当成为勇敢的胜利者。

老人谈论着，他年岁大了，变老了，
心还年轻，不弱当年。
他很久以前酝酿了一句话，
一个人的价值在于对社会与他人有所贡献。
一个人不应当成为累赘，求荣弄假。
一个人应当高尚，像一片蓝天，
像一朵鲜花，一朵白云，
像蜜蜂酿蜜，精细虔心。

有的人

一九五

有的人好高骛远，不务实际，
好空谈，喜嘴上呻吟，
空洞无物，言行不一，
貌似冠冕堂皇，实则生病，
作风对事业有害无益。
请予清理，毫无保留于阵营，
请予镇定，请予斗争，
直不能停，直获全胜。

有的人像野外的彩蝴蝶，
嗅一阵就跑，尽赶新鲜，
与实际需要往往脱节，
缺韧劲，事倍功半。
凡事未深思熟虑，改弦易辙，
往往弄巧成拙，难中看。
我们要扫除虚无主义，
全心真实达到我们的目的。

一九六

有的人做老好人，一团和气，
你好我好他好，不相得罪，
原则撇一边，差之千里，
自由散漫，进取心减退；
工作像下山，越走越低，
易损事业，十分吃亏。
类似现象并非少见，
请扫除陋习，实属当然。

究其根源，出自何处，
全出于一个字：私。
丑象不闻不问，无束无拘，
怕惹火烧身，无刚无志，
实苟且偷生，自作奴役。
这种人口头上混淆虚实，
墙上的芦苇风中飘倒。
赞成什么，反对什么，确需明了。

一九七

有的人当面一套，背后一套，
只出于一个字：假。
非光明磊落，而是非颠倒，
对他人貌似热情，实则虚化；
内心空白，飘浮骄躁，
对待事务应付拖沓。
这种人思想颇为不纯，
弊端要扫除，彻底认真。

该思想究根心灵作怪，
久久被一些旧习污染，
像生了病，变了态，
缺乏生气，缺乏新鲜，
令人作呕，当把戏出来。
这种人厌实功，好虚荣一般，
博取欢心，让人生防，
有的踩着别人，爬着向上。

一九八

有的人不思进取，得过且过，
不求作为，不讲贡献，
无所志气，日子蹉跎；
大事管不来，小事不爱管，
不求进步，但求无过；
国家、集体看着淡然，
企望自己安安稳稳，
事不关己，挂起不论。

这种人，精神倦庸失格，
对国对民岂谈贡献，
萎靡不振，心灵分裂，
前进路上的保守者不能行远。
这种人灵魂要翻新，换个新面贴，
学雄鹰翱翔，振翅飞旋，
国家与人民利益装心中，
自我悉心发挥潜能效用。

一九九

有的人装腔作势，故弄玄虚，
为一己之私不择手段。
有的人将个人利益高举，
一切场合为自己盘算。
有的人高高在上，自以为突出，
陶醉拜倒在成绩之前。
有的人面目可憎，傲气十足，
自比天高，昏脑晕头。

有的人盲目冒进，操之过急，
缺乏远见，失败而归。
有的人好大居功，不自量力，
遇了挫折，心冷神萎。
有的人好为人师，心地隔离，
有的人缺失诚信，图谋不轨。
有的人好空谈，厌务实，
一个假心丝毫不值。

二〇〇

有的人唯利是图，见钱眼开，
凡属私利，一个不漏，
财利的信徒，地生的小赖。
有人道：人为财死，鸟为食亡，津津出口，
庸俗苍白，废物充塞，
极端腐朽之习不能保留。
精神贫乏的失格者，
一个时代的落伍者。

再论唯私损人损公，
或有不择手段，不论时机，
像肮脏的垃圾布着蚊虫，
嘤嘤之声碰着泥地。
历史前进了，齐将腐朽葬送！
历史的车轮辗动的车辙多么清晰，
高远的目标渐渐可辨，
人啊，请做些高尚的实践！

二〇一

有的人把事业当儿戏，
浮躁之风危害爆炸。
有的人万事不愿触及，
安于度日，百无聊赖。
有的人明知犯错，行事脱离实际。
有的人对他人惯于以牙还牙。
有的人搞完全自由散漫，
有的人摆脱集体，将是非搬。

凡此种种事业生活中的绊脚石，
请予扫除，净化环境；
请予转化，用正义扶持；
请予除根，以利前进；
请达到行进团结一致，
无私、诚挚、果敢、勤劳、热情。
我们要永远地纯洁自我灵魂，
遥望光明旗帜，猎猎乘风！

辞别

二〇二

我想起远古英雄，夺目的名字，
心里泛起阵阵激动亢奋。
多少时代的先锋以及高尚的无名之士，
对此我的景仰之心未免升腾。
我备觉恬静，逸出神思，
像迈上了光明之路，默视老人。
人啊，两种选择，泾渭分明。
人啊，须一颗洁净的心灵！

谁甘任失掉一个灵魂？
谁甘任如行尸走肉一般？
谁干着勾当，利已损人？
谁活着如同死去一般？
一个高尚的人须有赤诚，
对待人民，捧出心肝，
散尽了自我的能热，
奉献了自我的一切。

二〇三

老人一双慈祥的眼睛，
凝视一片鲜花，几棵松柏，
什么勾起了他的联想与憧憬。
我不禁道：您饱经沧桑，雄心不改，
像我的榜样，我的知心。
嗯，许多方面我愈明白，
像看到了一条光明大道，
浑身暖热，幸福触手可及。

阳光正照上我的头顶，
透过树枝、叶片筛至我的面，
舒畅得很。偶有鸟儿唱鸣，
抖着身子，似朝我观看。
好美，好可爱的生灵！
我沉醉了，咀嚼着，回味不断。
当我调回眼睛，老人浴着阳光，
温暖的时刻舒心甜畅。

二〇四

当我张开微闭之眼，欣慰了，
美不胜收，蔚气盈眼。
车行山岭，我欣喜啦，
万景落卧，绝美自然。
茫茫苍苍，沉思之大地啊！
像锦绣，像雕塑，贴上心面。
我惊叹一片壮美的大地，
不知不觉时而心坠其底。

一座山峰，笔立如斗，
突出群山，伟岸坚韧。
壮哉！壮哉！美不胜收。
我心扑飞，灵气可乘，
像被什么支配，像飞走，
畅游大地，感动殊胜。
有形无形，皆蕴巨力；
有形无形，心自洋溢。

春
颂

二〇五

野外晃过春的幕幕景致，
广袤的原野，整齐的田园；
黛色的丘峦，俨然的村子，
温暖的风吹着地面，
吹进了心田，备觉舒适。
美不胜收，秀色可餐。
美丽的村庄，富足的乡民，
亘古的土地荡动了激情。

一草一木，依然如故，
一景一物，呈示新貌。
新生的原野，新生的事物，
日出东天，喷出韶华。
隐形之手阵阵引导了我的脚步，
我心扬起一种自豪。
东升之日光芒四射，
温暖的风心底吹彻。

二〇六

春天来了，原野盛放了明媚。
春天来了，携手时令的温暖。
季节变迁，换了新美；
树壮绿了，冲着尖；
花蕾挂满枝梢，散着清香味；
野草绿了，勃勃之气活鲜。
生命的活力在洋溢，
万籁之音昭昭天地。

当我们注视着春野，莫名阵阵激动，
引发联想，阵阵惊喜。
芬芳的气息悄然颤动。
如张张图画——天空大地，
似永恒又非永恒，皆作了演动。
春啊，换了新字眼：日新月异！
我对这片天地投以了深情，
永不衰退、永不枯竭的深情。

二〇七

我的神思徜徉春的天地，
茂密的青草、鲜花、淙淙的流水，
露珠滚动，闪烁于叶隙。
春风浩荡，南来而回，
温煦地吹醒了我的梦地。
万物睁眼，纷纷视线面朝而飞，
多情的色彩——呈送的礼物，
谁接受了一种礼遇，甜美、快意、幸福。

当幻觉在天地中飞翔，
一个春天，一个迷人的春日，
像一只雁自由地飞翔，
群山、田园、河流，美丽的村子，
工厂、道路、城镇裹于翡翠，
一幅图画永恒又幻动不止。
你的我的沉醉的梦散作花瓣，
又回赠给永远的春天。

二〇八

哦，春天，一种蓬勃的朝气，
浸润了我的幻觉！
当我的灵光碰撞，幻觉飞离，
只一片天地，一观可得。
春暖人间，树长意气；
春暖万物，意钟一切。
酣畅着，我的梦，我的梦！
欢欣了，我的梦，我的梦！

鸟儿旋飞，啾啾有声，
像是天地之中幕幕景致；
莺歌燕舞，伴欢快之人。
一种精神像一个天池，
辉耀啊，美的精灵！
辉耀啊，我的心空之世！
什么又仿佛浮于我的眼帘，
令人仰视，难以尽观。

二〇九

唔，苍茫的原野飞射明媚的阳光。
当已登高，瞭望大地，
群山逶迤，气宇轩昂，
皆穿了黛绿青衣；
纵横交错，形成道道屏障，
个个马蹄，个个盆地，
孕育了一条条河流，仿如乳汁，
滋润人间，供以食衣。

平原，大地上的明珠，
裹了绸带，翻滚着绿色。
好一幅绝美的地图，
好一幕动人的景色。
云朵游移，天际信步；
金日甜笑，霞光四射！
生机勃勃，永恒之果；
大地之容，殊美凿凿！

二一〇

一幢幢村舍静立路边，
挨得密密，连成小街。
色色层楼，三层多见，
更高的，新颖、堂皇、净洁，
绿中掩映，唯露半面，
恰到极了，多呈颜色。
每至小镇，陈置个个店铺商场，
物丰雅致，个个亮堂。

大桥，一座天堑飞过，
果有气势，酷似卧龙。
河宽百米，两岸联络，
桥宽九米，三车并通，
河水清清淙淙淌着。
绿水青山，美丽从容。
人居村庄稠密繁闹，
春的气息每每嗅到。

星旗礼赞

二一一

一面旗，迎风展，
在高高的山岗鲜艳地飘逸，
高高的旗杆山岗上站。
一面旗，天中挤，
旗星，闪闪扑眼；
旗星，颗颗炫耀的星粒，
像心上的明珠不住地闪烁。
一面旗，风姿绰绰。

一种庄严升起于心，
像一块磁石把心吸住。
旗，一浪一浪，一种行进，
唰啦唰啦横空直入。
心中之旗，一个巨形居临。
招展！招展！鲜艳夺目！
一面高高的鲜艳的红旗，
一个神圣的至高无上的形体。

二一二

星旗，祖国的象征，
祖国的旗帜，祖国的光荣！
曾经的梦想演绎成真，
曾经的梦想，达到普世自由大同！
走过来，祖国始有新的远征，
走过来，告别曾历尽的磨难苦痛。
奋斗、奋斗，千万仁人志士，
鲜活的事迹可歌可思。

星旗，扑眼猎猎楚楚，
招展着，像勇士恬静安适，
何其俊美、庄严、英武，
像微笑了，持久长时；
像睁开了眼，描画地图——
明媚、壮阔、秀丽、绝世。
星旗，高高地招展，
一团烈火熊熊地燃烧。

二一三

像有一种灵气，骄傲的星旗，
仿佛于高处将来人默视，
仿佛微笑，造出声气，
她尤为夺目，美丽已至。
星旗，变幻着神奇，
千万倍了，金光道道丝丝，
我的眼，我的心通亮，
我的全身灼热了。

一面鲜艳的星旗，
飞舞着发出谐润的声音，
雄踞高高，寓蕴神奇。
旗下骤然万马千军，
前进的征途上似无可匹。
一支铁流骤然奔进，
浩浩荡荡，威威武武，
万众风发，朝向灿烂程途！

文明礼赞

二一四

当车进入一个县城停留下来，
一幢高楼耸立于前，
一行大字安架高楼顶排，
“劳动创造幸福”金光闪闪。
心头遂火热，一阵光灼晒，
仿佛恒光，强电磁一般。
我的幻觉沉入一个美妙之境，
陶醉了，幸福之泉涌进。

幸福的价值，世纪的结晶，
行动的指南，像是引路人。
社会大厦有大柱高擎，
世界列车有序地前奔，
光明之舟劈风斩浪航行。
一个彤日已然东升，
金光四射，照亮万众心房，
光芒万丈！光芒万丈！

二一五

古城——好一颗明珠，
公路宽阔笔直，四通八达，
高楼大厦，不可胜数，
个个不一，俱似典雅。
一座新城绘美图，
但是啊，千年幻化，
古城的痕迹未消失，
环形城墙，明现标志。

保存尚好，栉风沐雨，
巨大石砖，绝牢垒砌。
遥想往昔非凡气宇，
历史的呼声隐隐传至双耳。
一位圣人闪着明亮神珠，
视我无声，智慧之箭飞射。
我的深心呼唤世界的主宰，
伟大之力长盛不衰。

二一六

城！城！历史的驾车辘辘驶过，
悲欢离合，纷争与和平，
幕幕景致生命鲜活，
消失了，留下奇丽文明。
像透明镜前万般熟络，
我被其融通，被其吸引，
她像一个哲人，我则是孩童，
有幻想不切实便往往落空。

今天驻步历史古城，
时光之箭投向我的心空多维，
震颤惊喜，兼有思绪深沉，
像潮水奔流，一去不回；
像铁面无情，不能动其丝痕。
历史的巨像何其魁伟，
圣贤之手指向了前方，
像在黎明招来了一片韶光。

二一七

巨人啊，已经醒来！
华夏啊，重已站起！
沉寂的古文明之火复再燃开，
猛烈，火光冲天耀地；
尤为猛烈，火势排排，
亿万之光，光耀万里。
新文明的曙光划破天帘，
像一个新太阳呈示世前。

新文明，新太阳，照耀五洲，
渐渐地照彻寰宇。
新文明，新太阳，齐与现头，
万丈之光，普天沐浴。
新生之太阳，重生之民族，
健康朝气，青春常驻！
永恒之日——中国啊，光芒万丈，
中国，中国，永不落的太阳！

二一八

千古英雄啊，历史之花；
人杰地灵啊，勋劳卓著。
逝去的贤先英名留下，
功成身退从容而去，
重于泰山啊，凿实可嘉。
生前身后，世人所鞠，
不朽之业绩啊永世长存！
不朽之灵魂啊永世长存！

英雄之形象光彩夺目，
高大魁伟，浮现于前，
令人仰视方能看着。
憧憬惊慕，思光四溅；
沉醉迷离，向光海沉落。
但我醒然定睛一观，
彩色的云浮于天空，
我的思绪是一条舞龙。

二一九

同此一种深沉的叹惜在旋绕，
悲离苦痛，历史的斑点，
有泪黯然自远处下掉，
纤长，像垂于地面，
教训之警钟长长响叫。
一个惊叹号，像路标面向而站，
正道指明，遵规而行，
否则误入歧路，踏入泥泞。
聆听吧！声声苦痛的呼喊，
弱者、痛者心颤动啦。
跳梁小丑们势子难看，
丑陋之心一团乱假，
千疮百孔形貌难全，
生之时被驻虫侵蚀啊，
心间的垃圾积厚成淤，
黑色的生命无异蝎毒。

二二〇

历史的耻辱早已埋于地狱，
最终腐烂，化着灰烬。
一面明镜可鉴光踞，
前事不忘，后事之师。
独领风骚，永存不去，
仇私宜灭，正大光明。
人生，天中之萤火，
定然壮丽、辉煌、夺目！

历史之车轮从未止步，
人类文明——星球璀璨的奇葩！
永不凋谢，妩媚楚楚。
人类思维，日日前跨，
灿烂生辉，星光无数。
高尚的人与星空对应啦，
不灭之光灼灼可验，
心之光、明之镜照世间！

二二一

听啊，历史的呼声！
从深处、高空多维飞至，
一种颤动波及心灵至深。
你，一个生命灵魂，当如寸尺，
不可盲目法处，心灵受损，
道德原则，宜遵守实。
你便若青松沐浴光雨，
健康茁壮，活性长驻！

一个巨人有形无形，
寓居各处，一念可见。
灵魂之神，面呈温情，
舒然、伟岸、博大，目视各面；
一双巨眼若将万物融尽；
力量之神身有一剑，
即可杖击凡属假丑恶，
剑之光于真善美中飞泻。

二二二

于此我沉醉了，思绪连连，
醉于青山、田园、村庄、葱茏的绿色。
春，美之春，春醉心眼，
泥土之香，清悠之气不歇，
醉鼻醉身，春袭绵绵。
若自悠远朝现实走着，
像走入天桥，尚未抵达陆土，
春惹动了，向人招呼。

春，闪闪的绿的生命！
请明信，乐于走上春桥，
浮身天河，投于春心，
桥身微动，你风光逍遥，
又回望些许人深进了河心。
春，一个美的惊叹号！
你我融入，可化为春的一片绿叶，
闪闪之春，万灵招惹。

二二三

我拥着了春，处处葱葱绿绿，
苍山耸于心，清溪流于心，
心，整个幻为绿。
春，一个季节，一个时令，
不只存于一片广域。
生机勃勃，万景欣欣，
一个新天地，一个新社会，
新文明的车轮飞入正轨。

美，不只是概念，尤是现实。
美，现实之美谓之实美。
人与自然和谐谓美之至。
真善美一体而非相悖，
美之个体谓群体美之分子。
美在内外，表里相合谓真美。
爱美者须实践着行动，
美藏于心，于真爱者心中。

二二四

当我张开微闭之眼，欣慰啦，
美不胜收，蔚气盈眼。
车行山岭，我欣喜啦，
万景落眼，绝美自然。
茫茫苍苍，沉思之大地啊！
像锦绣，像雕塑，贴上心面。
我惊叹一片壮美的大地，
不知不觉心坠其底。

一座山峰，笔立如斗，
突兀群山，伟岸坚韧。
壮哉！壮哉！美不胜收。
我心扑飞，灵气可乘，
像被什么支配，
畅游大地，感动殊胜。
有形无形，皆蕴巨力；
有形无形，心自洋溢。

江 河 颂

二二五

瞧！——瞧！一条奔流的大江，
一条硕大之江，奔腾、奔腾。
长江！母亲的长江！
我禁不住呼喊声声。
母亲，博大宽仁，九曲回肠，
激热钢强意深沉。
我依偎着母亲，
我聆听着母亲的教诲。

长江，母亲！千万年风雨沐浴，
万里奔腾铁流长，
青春之气活性驻。
儿郎的心啊滚烫，
一水一景，拂目舒舒；
豪情生，溅巨浪；
放任不羁若野马，
奔腾无休万钧下。

二二六

啊，江之波，涌涌起伏，
舒坦自然，时深深呼吸。
茫苍苍，无际途。
奔瀚海，无陈迹。
风卷雪浪呈大度，
澎湃之音传云际。
好种灵性，壮丽何等！
好种柔美，心动深深！

长江，深长的躯干，
血脉贯穿于华夏的胸膛！
洪流万里奔涌朝前，
活液补充华夏的血浆！
颀长之体长如练，
矫健臂膀时飞扬。
水的温存，钢的坚韧，
永恒之母赛似神！

二二七

长江！雪山孕育身纵奔，
轻盈、洗练、雄壮、淳朴，
时浅唱低吟，时心绪沸腾，
气吞万里绝景图，
勇士啊！吐露豪壮声。
长江！母亲！永予儿女滋补，
儿郎时时被唤醒，
蒙受抚爱意欣欣。

我时而像看着个白马王子——
静静地静静地躺卧大地；
时而若一驾奔龙可视，
浪花恐是她的呼吸。
母亲有着怎样的性子，
携着怎样的诗意，
拢了儿郎的根根思线，
触了儿郎的灵魂之源。

二二八

啊，长江！雷霆万钧纵跃身，
冲高崖，闯山峡，不复回。
亿万光阴只争胜，
铁流奔涌拦不回。
从容既勇亦既韧，
恒定信心英毅最。
像号角久响，冲刺不息；
像乐曲雄壮，倏倏猛急。

巨龙，巨龙，飞向海，
巨龙，巨龙，纵欢呼。
圆日之光朗朗尽殆，
承其灼热，金睛环顾。
粼粼之波鲜活匀摆，
若是细语贴了两岸倾吐。
而起滚滚洪波，雪花蹿飞，
力的集合赛鼓擂。

二二九

瞧瞧，她时而展眉，时而壮怀，
像个贤士，又像个英雄，
许吐露心声，或温存怡快；
像个歌者，又像个知心之种，
舒坦自如，常容仪泰，
柔长平静把滋润送，
靠着血脉滋育大地，
汩汩乳液长生未息。

潮声！听，潮声！澎湃之声，
长江放歌而击掌。
潮水，潮水，沸腾！沸腾！
洪波涌涌！涌涌巨浪！
清爽的风扑过阵阵，
江上铺着了碎银金芒。
美哟，长江！妩媚动心！
美哟，长江！气魄动心！

二三〇

长江啊！滚滚之波其若抖。
长江流！巨龙飞身纵倾腾，
浪涛拍岸骄扬头。
触抚大地万里深，
温柔水晶碧悠悠，
或有白净裹黄橙。
活美之形领略千骚，
粼粼之光洋洋朗照。

啊，长江！乐达引吭放歌，
鲜形至美满深情，
从容自若浑体合；
颤着身，颤着臂，颤着心，
勇者啊，豪情无遮，
淑仕啊，隽秀灵慧。
丰富的性子，硕长之江！
丰富的魅力，硕长之江！

二三一

母亲，长江，我依偎你的身怀，
亲睹巨身狮之猛，
历尽沧桑容未改，
万里倾吐壮士声。
母亲，我依依漫步徘徊，
听，澎，澎，澎！骤起共振。
母亲！我抚着你的衣襟，
你的容貌楚楚而有生气。

长江！一个种族的起源地，
活性的壮美的生命。
一个种族蕴藏内力，屡受洗礼；
一个种族长续航程，永葆生命；
一个种族奔腾，奔腾，万里！万里！
奔流，奔流！长江！永进，永进！
万古之江永东流！
万古之江万古流！

二三二

北方有一条河——黄河，
一条混浊的河奔腾咆哮。
一个黄种民族千万年游舸，
一个黄种民族倔强、雄信、自豪。
古老焕青春，春风南来歌。
千万里追寻迢迢，
北方之河，南域之江，
遥相呼，奔东方。

黄河！亿万年滋哺生灵。
黄河！一个黄种族的摇篮，
历尽沧桑、苦痛、欢欣，
阅尽古今，历史之页掀翻。
壮哉！壮哉！可钦！可钦！
应天惊地，光阴之隧洞穿。
北方的河啊奔腾长哮。
巨龙！巨龙！洒脱吟啸。

二三三

黄龙白蛟，好哉！好哉！
像是并行，放着尾支，
略见弯曲，像浮了来，
向东天一片沃土飞逝；
吼声四扬，震动山岱，
时时又冲闯我的心思。
我捕获了一种殊有灵气，
一种庄严之感配合欣喜。

我的眼睛注视壮美大地，
壮美之长江、之河山。
我的心起伏，添了巨力；
我的全身血脉加快循环。
高山之下，巨蛟卧眼底，
吞吐浪沫，飞花溅散。
大地山野布着浓浓的春色，
馥郁之香空中飘散。

二三四

我仿佛听到了亲切的呼喊，
一个精灵浮于半空，
俯视大地，美景无限。
一绺视线朝我飞送，
光芒五彩颇似耀眼，
穿透热心，紫光浓浓。
我敬佩精灵，岂论有无形，
一个巨人陡使我镇静。

仿佛投入进大地的怀抱，
仿佛化成大江一朵浪花，
仿佛变着山野一棵幼苗，
我的身，我的心融入四下。
壮哉山河，山欢水笑！
似有万赖之声，风景如画。
一切可看及，可感触，
心将一切无遗甜读。

二三五

啊，江河！恢宏之势，
排山倒海，壮心未酬。
我仿佛与巨人肩并肩，为目的驱使，
向着远方不复回头，
时而心交，时而对视。
激流，激流，在我的心底穿透。
排排巨浪，澎湃汹涌，
震撼挟着旋风扑拢。

像壮了筋骨，壮了力，
像坚了意志，强了信念。
我时而像个铁人站立，
时而遥望，行步稳健。
谁指点东西，风发意气，
光明之景诱人无限。
一轮红日，东天当空，
无论何时永驻火红。

二三六

仿佛是谁的声声呼唤，
亲切、洪亮、柔长。
当我沉思，回眸一观，
一种情调，一种模样。
一双明亮的巨眼，
溢出晶白之光，
暖热了我，交融了我，
包藏了我，淹没了我。

长江！深长的飘带，
请你与我共歌共舞。
长江！东流入海心不改，
请你与我共存共呼。
一种硕长、壮阔、自然之派，
像予我莫名的幸福。
长江！不折不挠流万里，
天堂欢愉，人间美奇。

二三七

我的心澎湃开了，
一股巨大的泉流在冲撞，
串起，串起层层浪花。
巨人，一直未离身旁，
她的化影，形象颇佳，
像罕世无比硕长，
亲近于她的一隅，
一个生灵借此可居。

仿佛握于巨人之手，
无声言语向我频送，
情之浪涛淹没我头，
唯恐光阴离去匆匆。
像找到精神之源，我自奋游，
渐而游至源心之中，
寻找到光明新天地，
非凡精神当可靠倚。

二三八

奔流，奔流！与长江共行，
前进，前进！与之相依。
一种空蒙渐渐降临，
黄昏近了，空气浓溢，
江面尤添壮观之景，
一切物体相视依稀。
我忍不住默唤，
长江！造化的杰作，伟大的心伴！

长江，滋育了一个黄种族，
像一根动脉穿连祖国的心脏。
奔流！奔流！奔流！
滋润亿万斯人民以营养。
砥柱中流！无休，无休，
如母亲，我们的亲娘！
暂别了，江村渔火；
暂别了，再相约！

长 庆 城

书摊姑娘

二三九

长庆城已至，古老城市如花！
车缓缓驶进，街道宽深。
黄昏，夕阳倚青山坠下，
火烧云甚是撩人。
车渐渐开进，美极了，
文明一派，难有几尘。
花木皆是赏心悦目，
清新之香仿佛可捉。

高楼大厦鳞次栉比，
风格类似，各各异同。
街上行人川流不息，
衣着多姿，个个各种。
商业网络密密相挤，
行人至此感触定同。
一种美感升于心上，
一种暖流穿循无量。

二四〇

古老城市，崭新域空，
多姿多彩，绚丽动人。
我独自漫步宽绰街中，
观夜色，流连奇丽夜城。
书摊，好个书摊摆灯中，
文艺歌曲类封面妙精，
好书好读，爱不释手，
我不禁选购，称许点头。

摊主，一位年轻的姑娘。
她的微笑令人看得动情，
甜甜醉人，略而舒张，
一口标准的普通音；
两绺短辫，眼睛明亮，
像五月的杜鹃，娇艳鲜明。
一颗心，一颗心烧灼！
一颗心，一颗心被灼！

二四一

我问姑娘：职业是否如意?
她笑了，似春风吹进了心，
甜甜蜜蜜，笑意可取。
她答道：卖书人，干个体遂心!
这份事实在不错哩，
买卖做到公平热情；
我的母亲，我的前任，
我要好好学习母亲的认真。

她道着，她爱书本，珍爱酷读。
书——文明进步的阶梯，
陶冶情趣，明心觉悟，
知识积淀，能力增强。
哦，知识是奔流的江路，
流淌无止，浩浩荡荡。
不知所论是否切中，
各自事儿从中悟懂。

二四二

稍许我道：姑娘，你的所言对啦，
三百六十行，行行出状元。
分工不同，个个做主当家，
地位纵有高低，不分尊卑贵贱。
言罢默想：为人服务，真心不假，
尽己所能，诚心恒坚。
一个人应当追求什么？
生命的价值在于展现自我。

听罢，姑娘连连点头。
我道：人怎样获得价值？
需要明白，弄个清楚，
最大的奉献者最有价值。
人，能力固有强弱，有快慢行走，
凡事诚心去为，就有所不失。
一个高尚的人，一个纯粹的人，
即是一个有益于他人的人。

二四三

姑娘会心笑着，特甜！
顾客光临，悉心相待，
付着热情，绝无厌倦。
嚯，瞧顾客徜徉徘徊，
经久逗留，相拥书摊边，
渴求的眼睛藏了期待。
情与景实实可心，
好生鼓舞中沉浸。

我笑道：生意兴隆呀！
她笑答：嗯，靠众人关照，
为人服务，心底里乐意啦！
事是平凡，做来倒好。
居家生活，安稳不怕。
随之而想，我兴致渐高。
我戏道：勤劳换来和气财，
我为人人心开怀。

二四四

姑娘脸庞露微笑，
幸福欢情溢上了心。
她谈道，早年她的母亲创业费劳，
家中多儿女，念书难照应。
父亲在工厂，干活把心操，
收入维持家计吃紧。
嗨，我知道肩上有压力，生活悬殊，
那年月用的物品供应未足。

后来她母亲帮厂里做杂活，
每月收入有所提高。
正当国家需要，创业结果，
时代精神火似燃烧。
浑身上劲，劳动生活，
情绪畅快，奔走呼告。
那时情景令人回味不已，
轰轰烈烈见着奇迹。

二四五

改革开放，新时期骤来，
劳动就业，幸福门路多。
好事！大家感到欢快，
社会空气活跃传佳话。
个体户如雨后春笋般破土而出，
新的时光，新的姿态，新的步伐，
靠勤劳，齐奔富裕幸福，
打胜仗，腾飞之举。

我思索着，把至理寻觅，
我的心颇有感佩，
欲张开希望的翅膀，聪慧头脑，心藏灵犀。
我望着姑娘静笑，凝着眼。
姑娘又道：母亲瞅准这行哩，
就张罗起来，好好几年，
买卖日见顺当兴旺，
全家生活赶着变样。

二四六

嚯，时下家庭赶上电气化，
时新电器样样添有。
收录机传美声佳话，
黑白电视机换彩色才足够。
适用电冰箱形美质佳，
太阳能热水器爽爽溜溜。
生活打了第二个翻身仗，
城乡喜谈享小康。

我心里默神良久，
琢磨着让一部分人先富起来。
破平均主义，树竞争自由；
各显身手，八仙过海；
轻装上阵，创业出头；
铆足劲儿占风采。
大干快上建设美家园，
至上名理传承久远。

二四七

旋而我对姑娘道：挺带劲！
你的母亲实在值得佩服。
嗯，政策对路符民心，
开拓务实高明举。
妙招！妙招！合力互赢，
国家与人民有光明前途。
我又道：年轻人，你是否这样想？
她未迟疑道：是哦，太一样。

继而姑娘略略沉默，一时无语，
又自感自言：我们富裕啦！
我的思维闪动，多少代人所期盼的幸福，
吃水众人挖井，甘甜人人夸；
耕耘迎来丰收，勤劳增财富。
这样的日子来啦，来啦。
东方华夏像头已醒的巨狮，
朝着前途冲刺！冲刺！

二四八

不知不觉时光流过许多。
夜深了，今夜星光微明。
春的气息微微飘过，
洋溢弥漫城市之心。
盆景之花，红当似火。
路边常青树郁郁青青，
一排排亭亭玉立，
一排排绿叶相挤。

路上行人依然甚多，
有情侣相依，往来于此；
有伙伴肩挨右左；
有的只身若有所思；
年老者有，青年者居多。
一家影剧院坐落于此，
定睛望，好个地厅，
外观繁华，典雅清新。

二四九

我攀谈已久，欲告辞动身，
一位中老妇人适速走来。
“萍儿，”妇人呼喊一声，
“妈妈，”姑娘回应怏怏。
待妇人走近，我道：辛苦了，你们！
便挥挥手，单脚一抬，
缓步离去，旋回头望望，
母女俩收捡书摊正忙。

街市依然热闹，现代气派，
优美的乐声不绝于耳；
民族风格，柔情欢快。
三春太平洋的风渐渐香热，
五脏六腑洋溢欢谐。
我的心绪将民族之乐迎接。
嚯，售票厅内一溜画幅，
老中青踱观当有感悟。

长庆城

二五〇

城市！身临其境，融身而入，
像油然悠悠自快。
别样风光，爱情画图，
现实生活气息扑来。
城市！活力喷涌而出！
峥嵘岁月当抒怀。
正义之声，呼吼呐喊，
英雄模范光烁闪。

环视厅内几处人，
聚精会神，坐而未动，
像被磁石吸引深深。
一种机器频频发动，
怀抱新奇，投目近身。
电子游艺机！现图案种种，
机前声音抑扬，少漏空隙，
端的又个娱乐天地。

二五一

稍许自屋内出来，
瞧，孜孜不倦，娱者依旧。
条件获改善，设施新开摆；
经济渐发展，品味有甜头。
面貌火热蒸蒸一派。
睽一知全貌，情景着可诱，
富丽厅堂热气腾腾，
时代气息幕幕而升。

蓦然醒目一张海报，
民族音乐会翌晚举行。
兴奋之情逐浪高，
正合我意，吻合我心，
眼睛放亮，心天抒豪，
像被火染得透明。
好一个喜讯，催我意欲一观，
像牧童吹着短笛，心欢！

二五二

头上几盏华灯挂，

华灯像什么？像南飞歇燕。

歇燕五只簇拥如花，

光明柔和，兼有鲜艳。

硕灯几盏似大花，

屋顶配装饰，富丽非凡。

步出大厅行行步，

一阵情景好将心鼓舞。

抬眼彩色晶球空中旋动，

楼厅中乐声激热优美。

歌唱之声如波之涌，

节奏和谐，声乐旋回。

我瞩目长久，半步缓动，

思绪飞扬似鼓擂。

一首首歌渗透了我的思意，

一只只南燕高高地飞起。

二五三

整厅色调雅致，线条恰好，
地面水磨石光泽可鉴；
金色大门顶得高高，
晶莹玻璃，豪华门旋。
出入宾朋乐陶陶。
哟，些许情侣粉丝相伴，
手牵手，相视笑，兴致极，
连拥带跑，一切忘记。

像数只蝴蝶，像夜莺，
消失于夜昼，消失星火下。
中老年人或戴眼镜，
步子平缓，兴情露脸颊。
稍而飘来清爽甜音，
卡拉 OK 音响，民歌味俗雅。
我久久伫立，什么力量在躯体充溢，
且久久地聆听，飞着灵捷的思绪！

二五四

厅外街道，小商小吃连绵不断，
三轮车一车一户，拉则可走。
各种小吃——热菜、炒货、糕点，
高中低档，供应足够。
街头巷尾，临街一线，
一张桌几个凳，有人坐抑游，
米粉、面条、卤菜吃得起劲，
小炉之火猛而欣。

多有情侣好友之影，
紧绷神经一时放松。
及始娱乐，彼此欢欣，
不紧不慢，非迟非匆。
时光在手，漫不经心，
闲聊，个个放松。
放便自由，为之一爽，
随意舒心，高高在上。

二五五

行十几步，现多层楼堂，
七彩光线频频交换。
人影淡淡，时隐时晃。
急速音律贯入耳间，
或独自轻歌，或众人合唱。
我不禁驻足，隔窗而观，
一股心流淙淙奔出，
恰如一匹骏马在旷野飞腾。

听得到整一的步子震动，
一种声势，又时趋平稳。
歌舞——田园味、现代味携传统，
人心齐合与社会携程，
可以见出神州凡同。
热力迸发——社会的新人！
崭新之路朝阳铺，
齐心共进筑幸福。

二五六

清晨，吹起了嘹亮的号角，
雄壮、威武、坚定、豪迈，传声悠远，
像震撼，江海翻倒，
力与火，号中排。
像骏马出山，大风啸啸，
奔突旷野，绝尘无摆。
号角，一种莫大鼓舞，
予人阵阵激荡与幸福。

此间潮水若在心内旋滚，
号角，万钧音律，
伏于心，摄于魂。
若一种巨大步伐迈出，
亿万之军合唱行阵；
铁流万里，精勇前驱。
远大程途，光明之景，
望太阳与万片霞光出迎！

二五七

耳间响起了广播铿锵音调：
发展体育运动，增强人民体质！
运动员进行曲中操练体操。
自楼窗瞭望情景历历。
中青年儿童俯身弯腰，
仰体转身，舒缓整齐。
幼孩一旁跟爷姥散步，
忽前忽后把爷姥呼。

玉兰樟松，绿荫片片，
近旁露出水泥坪地。
平屋高楼息息相伴，
红墙绿瓦，古典雅体。
四合院！历越经世百年。
畅观美城街巷弄里，
数许老樟合抱——巨高，
与小楼齐立，妙！妙！

二五八

攀爬旅馆之顶环视，
一干人打弄太极拳，
动作轻柔，娇美缓迟，
沉稳如桩，飘逸似燕；
一种风貌，几个套式；
双手遮云月，又似划浆行船；
躯干缓旋，双腿静动自如；
浑体和谐，自然展舒。

宽绰马路几名慢跑者，
运动衫裤穿上身，
或便装，浑体火热，
洁白运动鞋腾空似奔，
运动强健道理该有懂得。
中老年漫步者砥砺自身。
应天顺时，寻梦生命源；
人间多乐，相携齐向前。

二五九

目睹马路，几人肩挑蔬菜，
菜农——早早进城入市，
上城来，把劳动果实卖！
中年男子，妇女有之。
扁担闪闪摇摆，
脚步快快，争分抢时。
辛苦了，菜农，劳动者！
汗水裹幸福，一腔火热血。

当有的走近，瞧瞧清楚啦，
出园新鲜时菜，黄瓜、茄子、豆角，
韭菜齐整整，包菜紧又大。
来自何处？四方汇为潮。
菜农们！远远地将了汗水撒，
远远地将了幸福找，
远远地换了收获回，
归心、欢心交织百结地回。

二六〇

汽车发动，嘟嘟声连，
大客车缓缓驶出城市，
豪华车气派街上穿，
东风货车、黄河大货稳驶，
公共汽车游龙般，
中速匀行，靠站等时。
板车、三轮车间或来，
蔬菜水果装，生活用品摆。

各类声响景致交错升华，
城市时空，美丽早晨！
城市之光，崭露如画！
一轮红日东天冉冉而升，
霞光缕缕照临异花奇葩。
金光入眼，温煦如神！
日的热力荡漾于怀，
城市之晨，为人开怀。

二六一

小小的士美如花，
迎面驶来，忽走缓行。
有人招手，随而停下；
招之即来，方便灵活；
敏捷顺意乘坐雅，
轿车样式辄崭新。
新世纪好生惬意，
节奏方便当作喜。

早早晚晚，城市中巴，
魅力之城成千累百。
社会管理条理顺达。
分配线路挂招牌，
时间间隔当称佳。
始发点到，稍稍等待。
舒适小型交通工具，
聊可畅想，精神无拘。

二六二

沿街两旁店门渐开——
铁门、拉门、卷闸门，渐开新市。
店主们忙准备，早安排，
卖菜卖物，捡拾捡拾。
单人多人，行动轻快。
炉火冒烟，蒸上馒头包子。
纷纷行人走拢买上几个，
边走边吃，舒意自得。

读书的孩子们来了，
稚雅的脸上笑吟吟，
背上书包，两个三个，连走带跑，
兴高采烈朝前行。
大中商场门帘掀开啦，
一色着装服务员，角色扮灵。
繁闹！繁闹！城市之晨，
美怡目，怡心，爽身。

二六三

喏，细看长街，多姿多彩，
建筑参差，格调合一。
两溜长店两龙摆开，
相对相应构一体。
各个门店书名牌，
杂货铺、糕点坊、服装店依次聚集，
名牌各异，雅俗兼有，
日营销额成百赶千收。

南北餐馆、风味餐馆，
雅丽发屋、时髦发廊，
三包电器店、新潮五金店，
建材玻璃店、副食店各式各样，
文体书店、电子电器店排中间。
当我观着，极觉馨香，
一步未动，如树站驻，
思绪向其飞去，飞去。

二六四

放松环视，纷纷美景映目，
色彩匀整，群鸟欲飞。
电视、广播发射塔雄踞高坡，
只露半截，半截下垒，
挡于建筑，空际醒目，
高约十层将山峦护卫。
山露一角，茂密葱茏，
绿、生命与城市相融。

美啊，谐调与统一！
美啊，一角一景，一街一楼。
我目视受限，非能远极。
当走下来，阳光暖身暖头，
晨曦洒满了长庆大地。
亮日之晨，刚阳温柔，
阳光——金色的绸丝带！
披戴长庆，万分欢爱。

二六五

遂朝一条大街东行，
宽绰街道二十米宽限，
六车尽可齐同并进。
车道外两溜林木青蓝，
林外非机动车道铺盖柏油沥青。
两侧人行道垫小方格水泥板，
宽各五米，樟林如龙，
绿叶茂密，叠叠重重。

处处街道类似许多，
我猜忖着慢步趋进。
行人车辆日见增多。
边行边赏觉怡心。
几幢华美大楼入目，
十至二十层左右，一律崭新，
近前一观，设为银行，
乳黄色调，现代气息洋洋。

二六六

喏，迎面走来两位老人，
老两口步履姗姗，
手牵手在岁月黄昏，
看清早，逛街市，享人间；
衣着整洁满有神，
忽走忽停，指点指点，
像年轻人好亲近。
我不禁望了长时，一直站定。

两老观赏公益窗，
格外留神，老头正指点，
情景激起观者联想。
生命的活力在扬帆！
人人依伴，共携共帮；
人之本性，弘扬发展。
人过老年桥，依托难分离，
两颗心愿相靠相倚。

二六七

再观，两位颐养老人，
老两口身手相倚，
黄昏之情，高洁如神！
诸君是否可以领略番人生意义？
我的视线转向老人，
随而情思任意洋溢。
人生自小，相爱至老！
人世真情，正与天高！

走过老人，感觉别开生面。
证券交易所镏金大字醒目，
字体优雅，行书可鉴，
雄浑飘逸，大方落落。
楼前宽绰之坪，松桂点点。
其之宽绰，绝好停车场所。
上班高峰倍增热烈，
锃亮之车风驰电掣。

二六八

一路行过金融街，
银行多类：农业、工商、
交通、发展、建设，
城市、农村信用社别有姿样，
楼厦气派毫不逊色。
一种美与自豪感升起心堂。
五里许街道相交，
若河之流，夹岸山式楼高。

嚯，朝着寄宿旅馆方向，
且续行，端的一家美容厅，
触动神经根根张扬。
新兴服务业，高雅合人性，
人之本能，寻美与健康。
中年者有，居多属年轻。
我缓缓走过，悠悠携步，
漫不经心，万种视觉可捕。

二六九

行走路途现个集市，
靠近街道清晰望及。
门头呈现方状形式，
饰彩砖，瓦片琉璃。
“东街集贸市场”数个大字，
金光闪烁蕴生气。
买卖者熙熙攘攘，
宛若奏鸣一部合唱。

放眼一溜水果摊，
苹果、菠萝、香蕉成堆，
层层叠叠，极觉美观，
叠叠层层，盛放玫瑰。
冷藏而出，苹果红艳，
菠萝黄橙、香蕉淡绿未退。
自塑影油然想及全貌，
热烈洋溢街市晨朝。

二七〇

行入门内四下瞭观，
蔬菜荤类相对相摆，
野菜、酱菜、山货、海鲜，
鱼虾、蛋类、豆类密密排。
人穿梭，热闹赶，
擦肩摩足赏开怀。
外端个体店店接店，
马路两溜店铺续延。

小店副食干货称齐全，
木耳、香菇、海带、莲子肉，
摆置集市筐筐连，
买者络绎，提满了手。
人啊喜悦洋溢，仿在春风杨柳岸。
春意荡漾，又似景中游。
好种热烈，好种心神，
富足物产宜将认。

二七一

集市棚顶覆盖纤维板，
高高耸立尽显空阔；
数根钢柱稳撑顶面，
四面无遮拦，买卖好张罗；
牢实浑一体，一块人造天。
阳光铺洒，和风如波。
闹意浓浓临集市，
众心涌动心长翅。

我缓缓走出，抬眼一望，
几只小鸟倏倏而飞，
似箭，投向天帘；
似信号，闻喜讯回；
披光浴彩自由旋。
又有鸟儿往电杆、绿树上归，
日头当东，美丽晨光，
金色之城，蔚气腾扬。

二七二

续南行，迎着爽风，
一家大型医院展风貌，
乳白高楼，细数九层，
圆形顶塔，为之叫好，
欲冲天，白之神；
楼门撑圆柱将门瞧，
淡蓝门帘一目怡然，
点点装饰，风动帘掀。

进出自正门斜侧，避风适宜，
高雅厅门大理石造，
透视钢栅一览无遗。
一个清池喷泉乐陶陶，
几株雪松护卫疏疏密密，
常绿灌木圈内环绕。
一根铁牌从中树，
大十字架朝天去。

二七三

续行俨若一个游人，
欲亮几对眼，长几颗心。
路旁一个小园绿深深，
几声喜鹊叫，声声心中应。
我专注耸目倾神，
多头情绪顿似欣欣。
几声鸟吟又破天而至，
音符翻旋，阵阵柔风向心鼓驰。

再见，喜鹊！喜鹊！
稍远可见一座立交桥，
全貌未露，风姿绰约；
三层桥上车行如潮，
一条铁轨南北交错。
嗯，传来远远的呼啸，
列车驶来，风驰电掣，
长龙游，似箭射。

二七四

飞逝的游龙之影，
急速的咣当之声。
三层立交桥若庞物临，
天上地下，非凡真真，
四处各方斜坡汇于中心。
车人通道宽卧地层。
来往车道作分离，
个个方便畅行喜。

嚁，自行车快快驶进，
构造设计称奇巧。
我于桥头而立，奇思新颖，
不妨走一遭，跑一跑，
随人而进，不慢不紧，
个个动影灯下伸缩错交。
明亮之城，弧形之月，
极觉相似，别样明洁。

二七五

当我走出弧月通道，
复随人自别侧走出，
返回原地，兜兜圈套。
双轨铁道笔直延续，
铁轨底端筑地道，
隐撑数根钢铁柱。
浅浅的地龙修长，
人的伟力原本无量。

急速的奔驰呼啸声动。
生命之灵，大地的主人！
有无形之痕，有无形而融。
恒心追求，万事约成。
我凝视一切，耳际轰轰。
自盘古开天，沧桑世与人，
人类探索，创造岂停？
齐同朝向美好暨幸福文明。

二七六

长庆，挑引我深深之情，
美丽之城，光明之地，
一幢楼、一段街、一朵云；
一座桥、一团热烈、一片笑意；
一物一景皆宜心。
我绕道回，阳光明丽。
街心侧坐落蘑菇亭，
团团水云似果似花瓶。

花形红艳，林竹苍翠，
圆石铺路蜿蜒而绕。
姑娘小伙团团围，
老小牵手相呼告。
老声爽朗，童声清脆；
青年互乐，言谈抑笑。
好种风景引动人，
美丽心流袭击人。

二七七

喏，城市设计谓极佳，
布局完善，多彩靓姿。
宽街、高楼、绿林、草花，
公园、歇亭舒目依次，
街容整洁，文明无华。
一辆洒水车匀速缓驶，
坦平公路冲洗清新，
流水入地道，潺潺叮叮。

瞧瞧，书亭邻靠候车站，
七八来人静候车。
五六读者倚柜把书翻，
报纸、传记、文史、书摘，
各类报刊买卖爽。
一部公用电话书架下卧。
小小书亭，书香馥郁；
方便如食，人文滋育。

二七八

我打量书亭，流连双目，
回视街道，行车接踵若亲。
长钢！黄色彩喷字体洒脱，
原本先知遐迩闻名，
即要亲临，任由揣摩，
愈是不可抑制心灵。
像一个亲人揣念亲人，
无私、无假、虔诚。

像一个人走进春园，
色彩缤纷，芬芳扑鼻。
长庆！城市花园，
前进之音铿锵而清晰。
去打听，思绪升起留念。
一个青年，身穿工作服得体，
猜猜许是长钢人，
他行动着，阳光的脸上流露率真。

二七九

青年见我走近，显露热情。

我问道：年轻人，你长钢职工吧？

青年答道：哦，不错，您怎么知情？

我道：一身工作服，钢铁符号画，

标志特殊，从中料定。

青年开心地笑了。

我复问道：你入厂几年？

工作生活是否如愿？

青年端视我，稍稍默神，

答道：五年了，不长不短，

工作生活称心，平凡而稳稳，

论起来感觉如愿。

青年又道：我，普通技术员，一线技术人，

操弄技能，现场检验，

机械化操作熟悉适应，

一份责任，一份耕耘。

二八〇

听罢，我道：好，好嘛！
且问：长钢职工多少？
答道：三万五千，长钢城总共九万人啦，
十来个分厂协作一道；
独立核算，自成一家；
总厂宏观管理，有效精到。
话语翻动了我的心绪，
我像徜徉钢铁之城，春意可掬。

青年道：长钢形势好，
砸了铁座椅，铁饭碗，铁工资；
工资、人事、机构改革赶浪潮；
全厂上下长劲头，长志气，
平均主义已赶跑。
我点点头，心忒舒适。
我道：各尽所能，按劳分配，
尊重劳动创造，鼓励勤勉有为。

二八一

方方面面改革啦，
一个企业破三铁。
大浪起，涤泥沙，
往前奔涌未歇。
蓬蓬勃勃意气生发，
热热烈烈创新变革。
春风吹拂亚洲岸，
创造之舟扬帆！

形式的装潢宜尽去，
走马观花无所用，
干事业向实质伸触。
请啊，敲响宏重之钟，
请啊，走上宽阔正路，
请啊，开拓增力无穷！
闯一片荆棘，辟一条坦道，
涉道道河流，攀座座云霄！

二八二

短暂一晤旋即分手。
青年登车，把手招扬。
陡间仿现钢铁炉：
铁水奔流溅火光，
钢铁工人昂盔颀，
手握长杵入火光，
金光烁烁若电闪，
熠熠生辉长无变。

钢铁融融涌出炉，
彤彤快流结凝形。
造物质，显身手，
像唤起我心中之音，
心动与静，两者兼有；
像真切置身莅临，
座座丰碑耸于眼，
盘龙长城雄踞前。

二八三

有序运转，一切如常！
青春之城，钢铁之城。
一种踏实于心空扩张，
美感油然屡屡而生。
环视长庆，姿彩瑞祥，
花开一朵，不离枝根。
钢城处处飞花，
人人个个乐达。

行人穿梭，渐见增多，
每至大街路警可见，
或立道中，或居亭内，
红绿灯抑开抑换，
车往人来，车停人过，
交通纪律直可赞。
除却喧嚣嘈杂音，
秩序井然宜人心。

二八四

嗯，路中端现一座商场，
冒出五层，施工正紧，
大横幅书：精心建大厦，为长庆争光！
搭架铁杆密麻成形，
牢实，稳稳当当。
两架吊车将天擎。
科技之光，现代气派，
好种风度露仪态。

汽车来往绕道两侧，
半圈之道成连环。
宽绰——单向并行几车。
行人与车各相安，
畅行无阻携热烈。
天色明媚，可触可感。
我走入人群，融入其中，
像个热心人异感横生。

二八五

一路楼厦踵接如林，
参差起伏，色调适宜。
大街宽阔，金光盈盈，
车行速缓慢无异。
小车频频，辄现豪华客车，
北京吉普淡绿披。
东风坚实又厚重，
满载行驶如小龙。

嚯，主道旁，活跃如画，
自行车穿梭，摩托、三轮车连连。
行人步专道，或罩于茂密树丫，
有的驻足小吃店前，
热包子、馒头、面条、煎饼，缭乱眼花，
各式菜谱，多色字迹书墙边。
看着，看着，
我像个熟人，
思维晃荡由之升腾。

二八六

一座大桥横空过，
绰长，宽约二十米。
上引桥，视长河，
若条银龙深呼吸。
船若鳞片各自得，
粼粼之波，河之表皮。
岸林片片如云，
数许鸥鸟时吟。

汽笛数声划破河面，
清脆、悠长，像串符号。
船加大马力，平稳驶前，
悬挂彩旗迎风招，
唰啦唰啦触耳间。
瞧！客人站船艄，
赏景，应是痴情；
撑栏杆，目不转睛。

二八七

远眺，高楼冲起，
建筑参差，错落成势；
沿江造，像柱体；
夹河拥，像两翅；
层层叠叠，像盘棋。
道隐现，车奔驰。
分子之运动，
点缀静态中。

美哉！长庆之城。
人力创造，累聚点滴。
游者览观意真，
归者之心湍急。
四面楼水、船帆、惠风，
岸草青青，树芽吐齐。
蜜蜂嗡嗡，蝴蝶翩舞，
蜻蜓旋飞，蛙声沓鼓。

二八八

桥，一页门，一窗口。
一位中年扎头巾自前方来，
洁白饰巾几缠头，
两个包袱双肩挎，
像无牵扯神态悠，
微眯眼睛笑如画，
化纤衣料，少数民族装束，
乡村商贾称简朴。

等待！身覆着桥栏杆，
一面回转作观望。
几个妇女彩巾戴、彩裙穿，
扮饰非本地衣装；
说笑着，美若天仙；
身材匀称高挑，韵采逸扬。
诸多成人穿着大同小异，
风姿色调寓美意。

二八九

一对老伴挨肩来，
呢绒服装身硬朗，
笔挺，老有气派。
提袋之人行走匆忙，
墨镜、平镜眼上戴；
或有身穿工作服，脚底咯咯响。
瞧，老者牵孙辈逛街，
村妇肩挑提篮，赶集呢！

散步走回，别了河桥，
上街道，缓步子。
一家餐馆临街造，
细观，别致典雅；
宽敞，亮丽超豪；
檐角伸出，雨水阻止。
厅内些许人吃着什么？
衣饰相似，端身于桌。

二九〇

瞧，寺堂，一座堂皇寺堂，
耸踞路旁，香烟缭绕。
群人服饰标志鲜亮，
高雅明洁，地地道道。
古形之寺赛殿堂，
寺顶，寺檐高翘；
浑然一体无隙缝；
日下，彩泽溅横。

瞧瞧，群人出入寺庙，
个个帽褂服饰一律。
善男信女相随相靠，
神色虔诚，心受沐浴。
善哉！信徒祷告；
善哉！真念生驻。
冰玉之剔明啊！
大山之浑厚啊！

二九一

诺，城市！店铺挨接。
几成行人礼帽戴，
若是沉醉，满面悦色，
答话，语气欢快。
人执扫帚，打扫下街，
店前路上整洁一派。
行人不禁留念暗喜，
浑身滋长一种张力。

稍远街侧一条小巷，
近瞧，近瞧，油生好奇，
沿街两溜珠宝行，
铺摆金钻、精表、玉器。
商贾妇人时尚火靓，
爽爽喜悦相衬洋溢。
群人熙熙，秩序井然，
不见吆喝、喧嚷、芜乱。

二九二

喏，城市！活力蕴藏广有。

人多乐步，骑者少；

或推车行，频转头；

或有停步，望买卖成交；

无频频讨价买售。

爽快，信誉高操。

诚实啊！不拘一利；

心明哟，满脸悦喜！

放眼望街不见头，

我自徜徉尽兴览。

店铺交易，标价清楚。

一目了然，买售方便。

青年哼小曲，摊上守。

服饰模样相仿，忒欢。

或有人拿书本，一本正经，

或边看边放，客来殷勤。

烨真

二九三

瞧，我走近一名青年，
揣着兴奋与他拉扯。
青年名字叫烨真，
出道三年，继承父业，
家住城外西北小镇。
当年十八，高中毕业，
回乡种地两年，锻炼了锻炼，
转身城市，腰板硬坚。

半口普通音半口乡土话，
道来嗓音洪亮动听，
烨真性爽，邀我坐下。
我眯眼笑道：难得你热心！
烨真道：没啥，谋算几年，积攒钱了，
开个个体店才够劲。
我随即道：祝贺！祝贺！
长远志向，可喜可乐！

二九四

烨真道来：我哦每月缴税百元，
除去本钱大概净赚千百。
我道：家里生活当是美满！
他回话：算个万元户，可把号来排。
他并笑了，笑音甜甜、甜甜。
我道：依法经营，应该，应该！
清泉之语汩汩涌出，
两心谐和，悠悠幸福。

我旋问道：烨真，你的家乡好吧？
听介绍，平原依山岭，村居落其间；
阡陌纵横，田野棋盘生花；
水如镜，清澈可鉴；
麦稻轮播，玉米常年丰产，
户户留余粮，多家有存款；
嗯，村子办了好几个厂，
孩子学费免半，老来有所养。

二九五

烨真接而道：这行干得不轻松，
走乡串城，早起晚归。
我道：不甘落后，靠的主动，
每张生意算来宝贵。
烨真道：咱民族所爱有不同，
外来长庆人，往来此汇聚。
我道：赏游购物，富裕啦，
人各爱美心无瑕。

烨真时与我对视，
一张脸近成熟；
目有神，若有思；
一双肥耳，手把发梳梳，
长风吹动一个风情子。
瞧，两顾客来，男女夫妇，
挑选首饰，掂掂银圈，
和蔼问价，润唇微卷。

二九六

女人选择个亮灿灿银圈，
对丈夫道：嗯，感觉好！
丈夫挺风度回语：哈，合适！
三百元，喜欢就好。
妻子干脆，未加所思，
掏出钱来数了遭，
五十元钞六张，
齐崭崭，新挺张。

丈夫逗趣道：高兴吧，
价钱优惠二三十元，
质地造型花饰好啊。
接而道：走吧。笑看我俩一眼。
点了点头，我俩回笑啦。
夫妻挽手走，不急不慢，
婀娜的裙，挺的着装，
美的倩影，心怡爽爽。

二九七

炸真看着我，一时动神，
笑问：您从何而来？
我答道：来自中原，滨江之城，
文化艺术节序幕即此拉开，
我特来观光，访问访问。
节日场面当精彩别开，
嗨，你兴趣如何？
烨真道：噢，大事我心里惦着！

再听烨真道：我闻闻乐癫癫，
到时定赶赶热闹。
看到小伙子心绪直翻，
心祝：愿你步步高！
我挥挥手，道过再见，
他似觉稍愁，忙挥手。
再见，再见，可亲可近，
一颗心，一枚金！

二九八

十里深长好条街，
层层叠叠，流光溢彩！
可叹为观止，心内啧啧，
宝尽其有，物尽其藏。
街的长廊似梯节节，
卧于美的长庆大地上。
朋友！现实当可骄傲，
烨真同与他的民族自豪。

不知未觉游了三时，
快近正午，日光朗朗。
火色之线如金翅，
圆之乌金呈和祥。
街上绿树伸着茂枝，
长青之树时来茁壮。
团团绿荫甚怡人，
顶着日，热烈增。

石造明

二九九

当走入宽敞之街，行车频频，
节日气氛倪端昭示。
一块高大路牌相迎，
“热烈庆祝长庆艺术节”，牌面新式。
纷纷群人衣着各异，表露愉情，
沐浴于一轮鲜红之日。
嗬，城市造物色泽多姿，
寓合蓬勃向上之势。

街道像抹过似的，
路边建筑一律刷新，
齐整整，惹眼力；
两溜道，排绿荫。
长厢客车、公交车行驶依依，
环保电车时为众目招引，
溜直身姿翼展而振，
似龙游而有声。

三〇〇

面前出现个十字路口，
一座巨大圆形建筑耸踞东南。
像鲜花盛放枝头，
街道宛如树枝干。
巨物，细品若拳头，
五指无形，隐于内面。
又若喇叭，向天高扬，
一种巨音隐隐震响。

近观顶部镏金大字，
“长庆人民艺术馆”熠熠光彩：
馆的造型豪放雅致，
饰龙凤，飞翔式样；
冲云雾，九霄直指。
观家直感心涌云浪，
澎湃之势，翻腾之力，
扬如天地如雷激。

三〇一

一个地坪卧宫前，
坪草青青，旁处落眼现车，
面包、吉普、大客、自行车摆分几片。
我，一个游子，一个观者，
一切所观印于心帘，
不灭，闪闪有色。
天宫底，人渺小了；
心灵间，人伟大了。

沿着大街续行进，
一家公司设靠街边，
长庆电脑公司——名牌新颖。
高大大理石、常青树装门面，
现代气派现代情，
点点滴滴溢于眼。
里端数幢漂亮高楼，
若几个巨人朝空中昂头。

三〇二

嗨，些许人进出门，
着专服，银灰色，
佩墨镜，风度有神。
此处聚集科技工作者，
公司靠山，当家主人，
宝贵财富委实难得。
透过铁栏栅瞭望，
职员叙谈，行动匆忙。

栏栅草绿两人高，
一溜花池紧挨，遍栽兰草，
间有青松，不骄不傲，
笔挺冲天，英姿卓态。
一个小花园精美打造，
簇众花坛，箭竹四栽；
老樟生了鹅黄嫩叶。
园里布石桌石凳，供游者歇。

三〇三

公交车候亭即在眼边，
各站站名排列铁牌；
钢制候车篷盖绿色纤维板；
老少男女坐一排，
少数站立，神态安然。
稍远，方形上漆垃圾箱挨树摆，
方便，车辆定时拉走，
下水道铁盖沿街布有。

洒水车缓驶，喷出激水，
整齐一排沿地直扫，
力匀猛，冲洗尘灰，
掀起雾沫旋下掉。
街边一溜小的激流冲入地道内，
潺潺有声，一时未消。
车行之处行人稍避，
避而又出，天地明晰。

三〇四

稍许我欲乘车，预回旅馆，
面前晃过似曾熟识身影：
年约五十，大耳宽脸，
结实身材，平发佩镜。
一时让人思绪回味从前：
数载啦，一日北风微吟，
正巧遇擦身人帮扶伤者，
所见聊以感念其善爱、热切。

他我邻村，相距几里，
他原长驻在外，恰探亲还乡，
提袋挎包，满怀惬意。
忽地有人骑车急猛，身子摔伤，
卧地未起，手渗血液，
围拢几人，看看问问。
远远地他快步朝前，
蹲向伤者，关切连连。

三〇五

噢，正值我回城行过，
见情急急赶拢，
遂与一道搀扶伤者，
载车往医院行动匆匆。
掏钱挂号，忙碌未歇。
医师嘱道：无大碍。心始放松。
于是方才一道离去，
大步流星，边行边叙。

我的目光停留他的面颊，
与他的明眼时时对闯。
晃然，他似醒悟啦，
默视我，像是打量。
他，石造明！大致不错吧。
我道：石贤兄，老家石家庄？
话毕，他主动伸过手来。
回道：记得哦，多年一晃，飞快。

三〇六

相识缘岂论大小，
彼此间无束无拘。
他甚感家乡风貌，
城乡巨变马千里，
故乡暖暖心志高。
他相约聚叙乡谊，
只需半时行赴鄙宅，
惺惺相惜，爽快！

当下，造明邀我一道行往他家。
“随便好，莫客气。”
我身不自主，不由欣然啦。
下车只有半里地，
路上交谈，亲如兄弟一家。
我道：民族艺术节领略番风情画意。
他答道：哦是，五十六个民族，
五十六棵青松，团团相簇。

三〇七

造明原在光学仪器厂，优秀工程师，
后调长庆激光公司，好个技术排头兵，
当今升任副总，虔心履职，
千余人公司，技术属高新；
产品多出口，产销正当适，
创汇纳税，鼎鼎有名。
造明谦虚地介绍道，
我边听边问，他细以相告。

不知不觉行至激光公司前，
漂亮，眼为之一振。
外貌谐和，建筑相连，
沉稳对称，高雅完整。
路南生活区，七层式楼厦齐崭，
路北区，一条宽道往里伸，
绿林掩映，烂漫花放。
正午啦，职员们纷纷涌出厂。

三〇八

孩子们放学，三五个一起，
个个活泼，彤红面容，
健康、向上、阳光、伶俐，
苗木着泥土，朝阳冲。
大孩子骑车，稳疾，
坪内抖抖，溜溜动动。
我不禁借此问造明：孩子多大？
他高兴答道：十九，去年上大学啦。

我连声道：不错，不错！
好福气，孩子不弱父亲。
造明道：她从小好强，听话噢，
学校家庭寓教用心，
学习知识，生根结果；
吃苦耐劳，不骄不矜；
图个将来有所作为，
老弟，响鼓只需轻擂。

三〇九

十年树木，百年树人训语闯过心脑。
我获知，他女儿叫宜芳，
学的工科，光电理道，
优秀学生，是个班长。
我由之生兴，面呈微笑。
俩人续行至花园楼房，
造明指道：鄙居在此。
嚯，一幢楼，厚正坚实。

进得三楼东房，他妻现面啦。
我喊了声：嫂子，忙！
嫂子热情道：稀客！忙泡茶递茶。
造明放下公文包，未离厅房，
沏了杯茶，陪同谈话。
屋子装饰明快舒畅，
红地毯，风景画，山河匾，
美哟！造明又引我往各屋参观。

三一〇

书房并摆两书架，书满架；
一架半新半旧收录机；
写字台靠墙，两幅裱画；
一盏台灯，一块光洁玻璃，
数张照片，格言卡镶嵌其下；
四把椅子靠墙壁，
一把圆椅古色古香，
年载久，磨得发光。

我对造明道：兴趣不少哦。
造明答：工余读读书，听听歌声，
孩子妈性子差不多，
俩一起爱闹也爱静。
我接而道：太好，难得噢！
并一面细观书目书情，
专业书、文艺书各归一类，
唐诗宋词、古典经著可一睽。

三一一

再瞧，两间卧房装饰典雅，
地板尽铺走无声，
所见物品非奢华。
我俩缓进厨房，嫂子闻声，
掉过头来笑道：参观啊！
我回笑。厨房也宽得很。
嫂子炒菜，烧的液化气。
抽油烟机轻转，视空倒清晰。

水泥制水池，白瓷台灶；
进门正面摆个碗菜柜，
几个土色瓷坛沿柜两旁靠，
一个米缸盖着精致纤维。
餐厅乳白冰箱摆一角，
一米半高，外形称美。
配置摆设雅俗和谐。
思绪放飞，一时未歇。

三一二

不错，些许奇异袭击了我。

我道：家制坛子菜，好不逊外。

闻言造明俩漾开笑波。

造明道：家传方法，迄今未甩，

一年四季菜肴青黄有接啰。

嫂子道：剁辣椒、霉豆腐、酸菜、

蓑衣萝卜、干菜、豆豉等，

俩闲时制作，趣里作真。

我笑道：好噢，家庭手工业，

地方特色称一奇。

嫂子回答：真算说准了。

我与造明走向阳台，一台洗衣机——

双缸构造尚新，荷花牌呢。

我对造明道：条件可喜。

造明答道：中档化吧。

我复问：对老家可有照顾？他笑啦。

三一三

我得知，造明老母亲前回老家，
老母久住惦故里，
小弟来城接回乡下。
她老安康，做做事哩，
剪纸、刺绣、绘画，
诵诗谈谚、讲故事，兴致浓溢。
造明道：女儿与奶奶合得来，
奶奶表演孙儿畅快。

饭局开始，嫂子上菜，
五盘菜，热腾腾，
又有两个坛子菜上摆。
造明拿酒，欲斟满樽，
我道：稍稍意思，随便好哎。
嫂子道：稀客啦，盼不到的家乡人。
造明把手掌一摊：喝！
端起酒杯，碰得响得得！

三一四

餐间，造明俩问及家乡，
老母亲居城里，他俩年余未回。
我道：家乡美，怎不忆家乡！
经济开发区工业扬威；
融资大招商，三通四平开场；
轰轰烈烈像春风来催，
自强自立，不等不靠，
家乡人心情喜闹。

造明听罢点了点头，
说道：兄弟所谈我有所闻，
一切会快起来，凡动了手。
嫂子道：家乡人好福分！
我应道：你们也不例外喽。
又道：家乡正建个商贸大厦，三十层，
施工正紧，工程过大半，
春节回乡你们参观、参观。

三一五

造明微笑了，连声道好。

嫂子乐道：盼那天呢。

家乡触动游子把心掏。

造明发问：开发区多大？如何建设？

我实告：近江划三十平方公里，形如跑道，

内引外招，高新技术，不拘一格；

时下三十多个项目落户，

中有汽车制造、电子电器等项目。

造明俩细嚼慢饮恍有悟。

我道：开发区投资便捷，

绿色渠道，一条龙服务。

造明道：当今发展如大江奔腾不歇；

时间哦，赛黄金的财富，

珍惜未珍惜，机遇实难得。

造明对未来表露希望之情，

我懂得他一颗火热之心。

三一六

细瞧，造明鬓角华发略现，
发后梳，学者风度。
一番话语将我心澜掀。
嚯，城乡经济一体发展同步，
沉睡的大地已唤醒，
山河同笑，同传音符。
号角嘟嘟催奋进，
步伐铿锵步步新。

造明论道，我补充旁说：
可看小康为时不远，
文明进步与世和睦，
幸福靠着谋思实干，
创造力里结硕果。
嫂子也道：干哪，少说实干，
赛本事，赛智慧，赛能耐，
往前赶，莫懈怠。

三一七

造明接而道：干事业靠的是骨气，
自古以来莫不是如此。
一个国家需要广大人民的骨气，
莫负先人与今时。
我道：骨气两字登峰造极，
诸多宝贵精神源于此，
爱国爱乡、清正廉明、无私无畏。
造明点点头道：对！

造明道：国家人众，须齐心协力。
齐心协力，就不得了，
一声吼，惊天动地。
前路不可慢走，跑哦跑，
前进前进，不歇不息。
嫂子听罢补充道：一个民族应不骄不躁。
我点点头，侧耳聆听，
一股暖流串入心。

三一八

我心道：我们须登高望远，
遥想过去，眺望未来，
四大发明谓伟大贡献，
曾经华夏科技文化称世界之泰，
一时落伍去追赶，
同驱奔驰“驾”“驾”“驾”。
瞧他俩说得一本正经，我遂道：高见啊。
嫂子笑了，甜甜笑了。

造明讲着，渐起激动，
故乡景、故乡情腾于心。
彼此互语，心相从容，
仿有豪迈之中壮歌飞吟，
仿有炎黄子孙出世行空，
音色缤纷，好个殊境。
嗯，苦涩的日子一去不复返，
未来与幸福孪生！紧紧相连。

三一九

我，华夏族的儿孙，
我，一个东土之子，
勾起了憧憬之梦，
旋向遥远未来驰骋，
翻越许些障碍，已见霞色前程；
龙飞凤舞，绚丽纷至。
宾至如归，殊同感觉，
万众同聚，千禧同乐。

瞬间，我的心回归，
瞧着造明，意欲了解激光公司。
我问及，造明答对：
公司产品民用，非军事，
高端技术可互为，
激光与芯片系列，产品主打之；
相关产品有不少，
生产全自动，高尖创造。

三二〇

我问起：这些年怎么过来着?
造明介绍，激光公司一干八年，
这辈子与光电难分解，
谈到公司，远优当年，
红红火火，连跨台阶；
人强马壮，职员两千；
资产初比翻了两番，
众人拾柴，火焰高攀。

世界沧桑，有秩运动。
造明感慨：入长庆一晃二十余载。
五湖四海，工作本体相同，
或者说，人生共有价值所在。
听罢，佩服之余心潮涌。
嫂子看着我道：他这个人性子不改。
我点头，露一片热心。
造明敬酒，酒浓似情。

三二一

一许，我问道：造兄怎样行使职权？
听道：我协助总工工作，
总工年近六旬，退休不远；
年岁是门槛，人人自当过。
非是臆断，属于自然，
队伍年轻，活力好噢。
我道：年轻化、知识化、专业化，
互为条件，合成好啊。

造明道：我尚可干十来年，
到时精力不济主动退下，
无所顾虑，无权利追求。
我道：造兄清澈如泉啊。
嫂子接着道：他是个老学究。
说罢，三人哈哈大笑。
嫂子放下筷，对我道：慢吃好！
起身离桌把茶泡。

三二二

造明且感叹，长江后浪推前浪，
长河之水滚滚流；
人类社会永续无疆，
若长河奔流、奔流；
一个人，社会一分子，弱抑强，
自须努力，自得心应手；
他本人无额外所需，
做一块基石，或放一季绿。

造明道：有的人专逐权势金钱，
丢了人格，鄙陋得很，
论身价实不值几钱，
眼光狭隘，盯着脚跟。
有句话：拒腐蚀，永不沾，
一身正气，贵有清风。
我对道：造兄可谓高，
言品如水，信守高操。

三二三

稍许造明又来话题，
道：期望啊祖国复兴，
什么事能与此相比。
我道：造兄言谈大事，祖国占心，
赤子情，拳拳意，永不离，
儿女们啊心心连母亲。
造明又道：唯有祖国高于一切！
我点头，似一阵暖风将心窝吹热。

嗯，日东升，大地明。
砌万里城墙，
攀高山峻岭。
雄伟壮观，无尽风光。
我随而道：远古有风骚文明，
文明根脉渐转强，
中华重射放异彩，
灿烂春天相拥来。

三二四

话题转文艺，造明兴致浓。
我道：中国文字，最妙最美，
这个推论造兄是否苟同？
造明道：老弟讲得特对，
中国文字象形、会意等辨识易懂，
字字寓意，字词衬配；
表意准确，无出其右，
行文弄画，得心应手。

我道：仓颉方字，利于思维；
华夏民族古来聪颖；
大家辈出，群星雄威；
文明宝库，火炬长明；
华侨广众，人杰累累；
推动世界，响巨回音。
造明点头道：不错，不错，
日月可鉴，言之凿凿。

三二五

饱酣，岂不乐乎！
脉血淙淙，话题犹未减。
造明道：我国地大物博，资源丰富。
国人智慧，释放光环。
劳动与理想，结合谋大福；
未来国力翻番可实现；
创造改革，国人所期；
民族车轮未停息。

听罢，顿觉颇获启发。
我道：改革目的始终明，
一切不离解放与发展生产力吧；
经济文化两面改革宜照应，
经济政治改革合力相加；
人人自有危机感，鼓足干劲；
大试身手，何惧失败，
越沟沟坎坎，速度稳快。

三二六

我与造明坐沙发，喝着茶。
造明道：老弟可知艺术节详情?
我连应道：老兄介绍吧。
听道：东方艺术节，好大的名，
筹备周全，国际性；
各地组团，外来友人如云。
哈，电视银屏晃过道道彩晕，
长庆台正播报新闻。

男女播音员端坐，播送新闻提要：
东方艺术节筹备就绪；
长庆人民的心愿，长庆在欢笑!
各艺术团、经贸团、外国客人入驻，
盛大的献礼，连连美调。
妙哟!兴奋之情迸出。
祝福啊，人民有幸!
一枚挚心连万心。

三二七

造明面情激动难止，
人未老，心年轻。
嘿，他起劲，专心致志，
像石击水，浪花串心。
两人兴奋看至新闻完止。
造明道：即将呈现热烈场景，
我们久期待，破蛹成蝶，
煌煌场景即将精彩列列。

我点头，别样舒畅。
嫂子邻房打毛衣，
时针快指两点，我思量，
稍许迟钝，话别告离。
造明忙道：陋居休歇无妨。
嫂子听着道：真个稀客，莫急！
家里宽绰，倒还方便。
我起身道：多谢！有空再拜见。

三二八

回途路经五一中心大街，
好条街，宽绰平坦，
只需一观，并行六车。
两旁林带相隔，囿于各个池苑。
车行微声，秩序有节。
绰之河，车若船；
高楼拥，外形奇。
行人渐多，稳抑急。

大街悬挂数许彩旗横幅，
色彩鲜明目不接，
若辟出无形之路，
若金光之箭纷射，
若走入丽宫，感受奇珠。
当睁目，思维箭雨切切，
沉思际不觉快近旅馆，
前面路牌隐约可见。

三二九

沿途高楼悬挂巨型广告牌：
格力空调、康佳电视机等国优产品，
分外清晰，目视两里外。
公共汽车两侧广告靓新：
白云牙膏、上海钻石表等依秩排；
及至地方特产，画图色泽亮明。
流光溢彩，动之谐意；
长庆城里美已之至。

重论广告，形象生动：
实体佳画，别样美形；
尤是高楼，模样不同；
高高空际仿佛巨力天擎。
经济跃进，改革开放融通；
创造丰富，美兼新颖。
灵人智慧，火喷洋洋，
一切皆转皆动，大地芬芳！

三三〇

下罢车，书社去浏览，
图片种种，物雅人美，
细瞧！一组艺术节宣传图片。
店员站着热心陪，
买将图片付罢款。
图片柜，书画堆；
锦绣山河，虫鱼丝竹；
画联寿联，成册小人书。

书店宽绰设八柜，
文艺、科普、社会、综合，
读者自由选购、出入。
几款新书名著放置适合，
知识天地馨香可触。
数许人痴心、饥渴，
站读未动，倾以全神，
少数缓移，寻觅认真。

三三一

当沉思静想，宜心悦色，
艺术之花鲜艳逸喜，
朵朵如火，如锦，如月，
几十个民族长志气。
忽看一条横幅街头扯：
繁荣文化艺术，壮大国民经济！
巨大惊叹号变大无穷，
由之自豪，心浪涌涌。

当即隐约听到锣鼓声，
随而驻足，响音增大，
壮而热烈，空前所闻，
尤壮尤烈，似如绝佳。
行队舞龙玩狮，赛高脚诸等，
长龙挺神，狮戏乱假；
高脚悬空，蚌壳开合；
刘海砍樵，智有诸葛。

三三二

长队续行，各有其所，
数许姑娘小伙列阵，
擂大鼓，击腰鼓，间鸣锣；
衣饰整，步协调，铿锵有声。
箭头之龙超活泼，
看，来了，来了，龙头方阵！
夹拥汽车放礼花，
各有所异，真不作假。

长流波动喜眉梢，
沿路行人携步观。
长庆龙城闹如潮；
闹如潮，古龙翻；
声色形，相与交；
欢如洋，大风转。
惹眼攫心掠了神，
心神交，共飞奔。

三三三

一里许龙队浩浩荡荡，
群人观者指指点点，
欣形于色，欢意洋洋。
一位白胡老人拄拐静观，
经风雨见世面，瞩望自忙。
老心翻，心弦弹，
时不时里摸白胡，
眨眨眼，长立驻。

瞧，瞧，一龙接一龙，
双狮戏珠别有情。
古名人，相簇拥，
上乘之作杰而精。
历史陈迹随波涌，
古今融，脉连筋。
古老之国生青春，
青春款款伴酷魂。

三三四

扮者，久经演场，
业余艺人呼之云集，
小艺大用吃得香，
集小为大心合力；
风趣，心骨甜香，
正经，岂分表里。
民间大众的艺术家，
一点不错，丝毫无假。

唐太宗、康熙、岳飞、李白……
个个英雄过边身。
离骚屈子自体派，
郑和下西洋誉乾坤。
五彩船，鼓帆来，
水手们，气态真。
胜利者，溢春光，
英雄哟，度无量。

三三五

悄悄跟行长龙进，
望个无止心痒痒。
队伍头尾美无尽，
跟踪走阵模人样，
锣鼓响咚咚，脉血畅快行。
景物形，明晃晃，
脚走大街眼四观，
闻无闲暇喜周环。

热烈一幕心永铭，
长庆之光初崭露。
万人万心纵其情，
紧紧贴上古之土。
畅想畅行畅光明，
新生佳景历历浮。
相告相谈无限话，
相亲相敬大步跨。

三三六

阳光朗朗，空气温煦，
处处是欢愉充实，
处处是新异呈露，
处处是翻扬旗帜。
时之鼓响为鼓舞，
容貌仙驾下城市。
长如此，体派样，
人前进，永无疆。

一个电话打造明，
造明忙碌于公务，
我相告他些事情，
专一虔祝万事福。
我将独立当此行，
艺术节上可再晤。
声声有如兄弟意，
句句若似脉连一。

三三七

久待时节来啦，
开幕式轰轰烈烈。
长庆艺术堂万人群压，
开幕辞罢表演接，
大型舞蹈：长庆之花！
百人翩翩大起色，
如莲花，如天鹅，如美仙，
如彩蝶，如诗画，如梦幻。

大型合唱列阵队，
层层叠叠若弧圆。
嘹亮之声壮威威，
齐声同颂新世间。
祖国欣欣鼓作擂，
燕舞莺歌景无限。
听罢陡感血脉激，
万枚美心共大喜。

三三八

听！《黄河颂》《长江之歌》，
透心肺，翻江海；
《工人之歌》——咱们的骨头就是铁；
《在希望的田野上》豪迈轻快；
《一支难忘的歌》—抒难忘之岁月；
《东方之珠》《牡丹之歌》好气态；
《我爱你，中国》响彻大厅。
每个人，每个毛细孔油然纵情。

国粹汇，精华出；
剧腔扬，转悠长；
铿而锵，情义入；
八大剧，尽争香。
杂技好，精彩著；
相声登，别有样。
满堂心，伴粘粘；
满堂情，翻则卷。

三三九

嗯，十八般武艺般般超凡，
信天游、黄梅调、花鼓戏，
齐上阵来续表演。
景留痕，晃眼底。
众凝神，俱静观，
热烈掌声阵阵激，
如潮水，如旋风，
猛旋风，似如奔。

长非长，精而短，
大型交响曲《二泉映月》，
宛如水，扬浪掀；
情美深，急则切。
歌舞上，马头琴，边疆孔雀搬；
藏地情，冬不拉，草原舞夜。
星月明，心朗朗，
天上人间忽已忘。

三四〇

朵朵花，向日开。
艳艳开，气香浓。
沃土地，广阔泰。
大家园，广则空。
万物长，众花开。
继而扬，美传统。
新生事，茁且壮。
共天地，竞相张。

万物长，须气候。
万事荣，须平安。
凝团结，合心头。
图民族，福无边。
重复兴，雄风有。
行前方，祥瑞现。
国泰安，民则顺。
愿从此，多有闻。

三四一

数个民族同声唱，
手拉手，齐步舞。
鲜花朵朵簇太阳，
大连环，大造福，
大团结，万年长，
笑意掌声同鼓舞。
艺术节，涨起潮，
开幕式，情逐高。

记忆箭屡射回，
我的箭奔不落。
朋友来，宾如归，
兴烈，谈畅，神烁！
大事小事叙几回，
国家富强勤工作。
同人哥，姊弟啊，
相聚合，情意佳。

三四二

造明访我于旅馆，
他道来：好戏在后头，
开幕式仅仅精彩片段。
两人叙来情盈心口。
瞧，几个朋友聚晚餐，
四菜一汤在街口，
吃得欢，聊够劲，
连干杯，神起兴。

街道行人稠，走街慢散步。
稍看：大小餐饮店人满员，
旅馆火，爆荷负；
少数无奈住近郊——方便，
中巴、的士招来停往；
车玲珑、沙发座，非般般，
宽松净洁，惬意在心头，
背靠休息，观街赏景喽！

三四三

且观！棕色、白色、黑色种人三五个，
背包行，游游逛逛；
店摊前、广告牌边站着；
打手势，汉语蹩脚讲；
欣悦微笑流露刻刻；
心仪小巧物品手上放，
价互让，小玩意；
这年头外友来往成定习。

我与造明等殿后头，
凑着热闹互开心。
经贸街，装饰新，惹人诱；
竖幅横幅扯，旗飘飒飒迎；
斑斓色参差，诸貌一目收，
美意美念融环境。
大家说说道道，自由自导，
经贸洽谈丰收闹。

三四四

妙哉！繁华状极，
街道旁摊位挨，
优质产品云聚集；
机电品、工艺品、加工食品有序列摆；
原生态产品来自天南地北；
旅游品、精制用具排相排；
精钟表、珠宝、金银首饰应有皆有；
价适物美诱心头。

经贸馆位于正前，
大宗工业品爆满啦。
造明言如鼓浪溅，
广告牌立传佳话，
字工画美毗连连。
大牌小牌影街下。
边行边赏人依陪，
众人心已若云飞。

三四五

龙飞凤舞龙腾空，
戏美珠，活生生；
隐作声，呼声隆；
若庆贺，大为胜。
妙也，龙龙连拢！
龙之界，飞龙城；
大大小小，金金碧碧；
喷水吐雾开双翼。

美不胜收景作画，
文搭桥，贸唱戏，
互辉映，真不假；
琳琅物品堪称奇，
冀图发展健步跨；
弹指须间大功立；
复兴梦想时不远；
富强幸福赶超前。

三四六

当问到摊主：收益如何?
答道：总算不错吧！
第二商橱批零兼可，
四天共销五百万啦，
签约者络绎不绝。
外资内商，个人厂家，
各类电子产品抢手，
库存难满供求。

青年人不过三十，
新式发型半遮前额，
伶俐稳重可见心智，
浓眉阔目从容自得。
问道我们：产品不妨一试！
质量三包，托运也可。
造明旁道：产品最新开发，
首创喏，品质可夸。

三四七

我们谈说，青年起劲，
拿出产品说明书递来：
诸位请看看，不打紧，
欢迎宣传，观顾抬爱。
人皆一份烫金印品，
厂貌、厂址、线路、电话一清二白。
一位朋友道：好啊好！
谁看准爱上，可订销。

朋友公司工作，弄商贸，
始作静观，一声不响。
造明不知，未细介绍。
朋友同龄，久经商场，
一根顶梁柱，功劳卓昭。
当家人稳如山，行如江，
勤勉、朴实、坚定，集合美德，
仁义礼信，经闻外界。

三四八

"改日谈"，朋友把青年手紧握，
我们遂离别，前行，
走走，停停，落落；
感奋、激昂，若磁石吸引。
旋至五金供应场所，
三轮式两用自行车巧美精，
自行能动，驱使稳稳，
后围伸缩，高低随任。

几人瞧瞧一大阵，
目视新品异感涌，
观摩指画称赞神。
标价三百八，好受用，
人力或机载，时速快慢变更。
现代产品，美难形容！
大家兴高涨潮，
齐赏美景逍遥。

三四九

展馆在前渐渐进，
一阵清风扑入身。
各地自辟一方巾，
陈列精品展雄风。
商品千样美而精，
一代一代速变更。
社会财富源源涌，
百姓生活非凡同。

众人飞思于缤纷，
缤纷扯牢思念手。
牢牢持久热烈生，
众目无暇尽之收。
厅厅连接俱难分，
龙宫水晶光射斗。
豪妙入尽无处超，
谐心畅游带雨潇。

三五〇

联合收割机威风，
世华轿车概称奇。
中巴轻客愿作乘，
调温海尔空调机。
康佳长虹彩电争，
凤凰永久原大器。
大牌无声胜广告，
订购单飞若如潮。

金银饰来美珠玉，
妆饰品来美容霜。
健身器材样样具，
趣味小品赶上场。
高级服饰称美物，
各式食品远觉香。
美式包装勾人眼。
眼欲看穿惹思线。

三五一

徜徉参观起细思，
朋友所思严而慎。
大伙儿步伐同一致，
尽览方觉心天真。
朋友屡屡赞不止，
大海之中作畅乘。
春之花园七彩色，
醉得人人暗自热。

精美标语廊上悬：
欢迎四海宾客来，
携手前进换新颜。
看罢如若热潮排。
电梯任君登高见，
自如自畅行若泰。
观者络绎连连接，
美景怡心可作谢。

三五二

百看千观难回眼，
服务人员领导游，
青色着装称美观，
一根指拐轻握手；
仪态端美意尽妍，
音调清脆殊为诱。
精美产品显镜框，
精短说明置物旁。

矿石产品烁闪光，
加工物品旁比照；
偶见国画悬于墙，
翩翩鸿燕飞天道；
雁叫金秋碧之江，
碧江轻泻日光昭；
一片大地万千紫，
时势面貌劲呈世。

三五三

走出展馆黄昏至，
西天落日血如喋。
丹青染洒画配诗，
流金时光人未歇。
匆匆忙忙造果实，
壮怀长生胆避怯。
幸福大步出山岭，
事业蒸蒸国与民。

浑身热力直冲溢，
脚踩实地爽精神。
大伙趣谈暗自喜，
大展身手斗一身。
千万产品千万取，
站立风头盼风猛。
沙场百战原无怪，
只为民市早安排。

三五四

一座雕塑耸于眼，
双手捧出和平鸽，
殷殷翘首瞩远天，
端庄静美眼热灼，
雄踞高山身巍然。
永恒！自出其想哟。
出色！殊美之创造。
自然！庄重之宣告。

久仰，目光不约相投，
心涌潮，潮带啸。
松柏青，花馥郁，
游游走走，处处人到。
大伙从其走一路，
天加色，时不早，
造明作别手互握，
今难忘，相祝贺。

三五五

偌大广场露现，
人人踵接若归。
灯照明，光四溅，
今夜焰火晚会。
第一夜啊，锣鼓喧鸣，
站站走走，大伙热闹追。
大人小孩，小伙姑娘，
熙熙攘攘游海洋。

焰火惹闹天，
百花放艳空；
千万花瓣连，
花叶露喜容；
孔雀开屏眼，
百千树高耸；
此彼目无暇，
姿态空前佳。

三五六

浏阳礼花行天下，
奇丽壮新景，
欢雀争空炸。
孩童蹦跳乐稚心，
众仰天望眼不眨，
津津乐道呼语勤。
声声连，似不消，
天似宫，万花朝。

心动潮，同争指，
闪闪忽忽变千万。
名儿异，惹人思，
十里外处可清见。
楼窗台人满一时，
料高山巅人许观。
姹紫嫣红称一奇，
古中华，根深蒂。

三五七

翌日巡游于碧湖，
友朋悦乎拨碧水。
粼粼细波似若呼，
远山游龙永自追。
黛色连天浮广土，
碧水灵性谁作为。
烟波渐随日隐仙，
今日唯可披金帘。

笑意欢语膨且扩，
只呼绿水作亲朋。
爽吟一首答天作，
众欢喜乐寓归真。
彩旗腾旋光灼灼，
温馨漫罩心与身。
碧湖渐远当一杰，
远思投掷俱姻结。

三五八

偶有高楼拔地起，
群山似若画图色。
山绿楼绿融一体，
风光无限人自得。
只须虔思入其里，
人与自然可相和。
路至尽处融入怀，
壮哉时空景一派。

帆船风满拨一桨，
入尽天心沁春潮。
随波逆流暗有香，
日火入湖水可淘。
七彩之衣微细扬，
青春意气风声啸。
湖闹盛节已知意，
逸思似如马扬蹄。

三五九

本夜游园真闹，
辉煌灯火人动。
罗汉和尚手招，
长龙亮晴游空。
鱼跳龙门势高，
金猴擎棒从容。
船游水面来往，
鸡叫早夜气昂。

列车绕着定轨行，
双狮戏珠如真。
火箭正待升天心，
飞机起飞如神。
石油工人守钻井，
钢铁工人护炉诚。
农人驾驶收割机，
遥望穗浪人喜。

三六〇

日光融融耀空，
爽爽洒入心田。
触之馨香凡同，
此时高潮激欢。
人声如风长动，
个个神态舒展。
灯光旋灼翻江潮，
撩拨强烈艳夜高。

行走时时脚步欢，
朋友偶偶被隔离。
停留让行行偏难，
韵思自美长如意。
玻璃色溅极尽远，
观无止步景致丽。
心闹腾欢未觉够，
一遍花江深处留。

三六一

四海宾朋聚长庆，
人似潮，潮未消。
门票预购一尽，
人徘徊，票来找。
会演处处齐进，
嫌不够，心不饱。
谈题无出艺术节，
人人情，何急切。

观杂技，太起劲，
自行车，载八人，
层层塔，节节梯。
走钢丝，动平稳，
人顶人，三人立，
高空悬，仪态真。
滚绣球，履平地，
飞碗碟，准而立。

三六二

畅观！与邻座搭讪，
嗯，粉的衣装穿身，
短发，高额宽面；
肤色微黑，乡人仪风；
裤筒笔挺，皮鞋亮展。
略问之，早年进城，
现已定居，小厂负责，
闻道畅然，平添喜色。

嘿，他道来：艺术节实难逢，
放罢假，鼓励员工尽兴观观，
时间不在乎，大伙心里蹦；
平时拧成绳，效益当不减。
我俩侧靠，心通意融，
或静，或聊，心目若电。
满场闹气暗香，
美思织，成梦网。

三六三

长庆奏报欢腾，
街巷动喜潮。
九州花，春放盛；
文明推，适逢朝。
烈烈大旗雄风，
中华民族得道。
永恒驾车驱进，
和平万象招迎。

诸众思绪起翩翩，
瞩盼帷幕高不落。
朋友尽开颜，
春天多收获。
文经贸，胜大战，
繁物自流民所。
沉沦不复铸铁柱，
长城永自威武。

三六四

嗬！开放迎宾客，
经济连动脉。
潮流涌急切，
风光壮气派。
追赶车头接，
捷足登飞快。
光明遍神州，
暖热万心头。

大鹏高飞疾，
遨游九万路。
潜劲纵洋溢，
道途岂有阻？
化影成大吉，
声势壮古土。
岱宗雄巍巍，
晨光任洒挥。

泰山之歌

三六五

《泰山之歌》——今来剧一幕，
艺术潮水逐浪高。
女：大哥，你可去过泰山吗?
男：去过的，说来很早。
女：可好呢，你原感受着什么?
男：高峰迭出，辉煌日昭，
步步攀登踩实地，
光明注身原有力。

女（稍侧身自语）：久闻泰山巍然，啊!
高云天，小天地。
女问：大哥，泰山极顶你登上了吗?
男：嗯，肯定的，它风雨万年哩。
女：定当是峭然无比呀!
女接道：泰山之松，早听说颇有名哩。
男（深情，回味须臾）：石隙中坚挺，
浴雾吞风，抚日自信!

三六六

女（抬头，摊掌朝东遥望）

兀而自语：哦！我想到什么。

女面男：岱宗万仞，可近着云上？

男：峰高天高，天无境哟。

女：你说上我心坎，够舒畅！

我的心一霎起飞啰。

男：起飞？好，好哩，

神思凌空，风发意气。

女（面向男，稍仰天）：许多感受冲着我。

男（思索状自语）：红日之下，雄峻伟岸，

永恒坚挺，坚不可摧哟。

男对女：话说泰山，我只是行者在先。

女：往后你可当个向导啰。

男：不算弊脚，愿此承担。

女（拍手）：欢迎，一言为定。

男点头。响起泰山赞音。

三六七

五岳独尊称泰岱，
万仞耸立势夺天，
庄而巍巍常颜态，
风骨傲岸芳心全。
崔嵬峻彩泰岳来，
不见天哟峰融天，
倾东瀛，广众朝；
引岱神，青松招。
问罢泰岳为何韧，
泰岳暗答意气修。
问罢泰岳何精神，
天中暗有臂挥手。
千年万载不倒魂，
千年万载正气留。
岱宗啊，世之灵！
韧性啊，坚之心！

三六八

一位青年女子手舞跑过来，
歌音初止，余音缭绕。
青年女子：赞词庄重，又极畅快！
老远便听得到。
泰山，尊威可敬戴，
东方之脊，神采昭昭！
男：华珍，你受了感动，
像我们俩神思泉涌。

女：史载，泰山藏宝物。
（语罢，目视男，复望回答）
男：嗯，你了解丰富，
泰山之经，传世之佳，
或有斗大字，活而脱俗。
青年女子（双手合胸，也即发话）：
泰岳诗可谓光照万年。
男：哦，一道听听歌子心言。

三六九

泰岳山中好采茶，
山麓办厂又耕田。
昔日秦皇来策马，
后有武帝欲化仙。
代代朝朝名脚压，
百姓摩肩攀峰前。
玉皇顶上一明日，
鲜色拂面无限诗。

一个农民模样的人摇摆走来，
皮鞋锃亮，中山服装，
哼哼有词，真个畅快。
听道：我泰山人，土生土长，
不惑之龄，过去种地使耙，
如今成了旱鸭，泰山脚下独领一厂。
各位恐是泰山迷，好，好！
欲登泰山顶，莫忘把我招。

三七〇

厂长（客气地从衣兜取出名片）：
噢，我的名片（向众人递发）。
男女（双手接过，仔细看了看）：
哦，杨厂长，祝贺！祝贺啊！
您的厂，多少人马，效益如何，谈谈！
厂长：当然，咱厂四十多人马，
顶大算不上，效益倒还不错，
一年下来，赚个数万有多。

男、女（惊异样，目视厂长）
女：照您说，值得大贺特贺。
青年姑娘：您的厂，产品市场挺吃香？
厂长：嘿，青年人聪明呢！
想当年，白手起家，什么模样。
苦日子总算已经熬过头了。
男：创业者非您莫属啦！
厂长：差一点，百分之百倒不算吧。

三七一

厂长：小小咱厂，半为山迷，
多才多艺有其人；
老式农民、新式知青、各参半哩；
工作服穿上身，带劲有神，
咱厂发展势头一日百里。
想当初，几个旧把式，破屋一栋，
咱们图啥，图奔头，
铁心一道，手靠手。

男：梅花香自苦寒来，
苦寒过后天晴朗。
旧去新来，苦去甜来，
对不对（手挥动，中音扬）？
（听罢，厂长点头，女头抬）
女：志气是钢，一万个强。
青年女子：听到这，我心里荡动，
算计筹个资，办个个体服装厂顶用。

三七二

男：人就是风浪中好成长，

今日总觉游大海。

厂长（对男）：莫非是你吐衷肠？

一席话，把心开。

男（对几人哈哈笑笑）：大潮起，岂甘退守一旁！

女（微笑近男）：显身手，需能才，

七十二行行行出状元。

青年女子：大姐，你也是个状元。

厂长：今日天清气朗光普照，

俺心格外熨帖。

男（指手向厂长）：你的心我可以掏。

厂长：明人不讲暗话，俺还想翻个身呢。

青年女子（疑惑状）：翻啥，你来道！

女（对厂长）：心还年轻，好样的。

青年女子顿有领会。

男：唉，谈了一大阵，饿了各位。

三七三

女：对啰，忘了大事。

厂长：俺请大伙啦。

男：主人不请，岂有之，

走，走，走，莫客套啊。

女（对众笑）：大大方方有志气。

青年女：盛情辞不下。

说道声“走”，大伙意见趋一，

四海酒家，装饰美极。

店门书联：四海酒家迎宾客；

五湖风俗聚寸坪。

老板十分客气，菜谱递过，

男主宾很快以手点明。

厂长：不瞒各位，此次而来一举两得。

结识新友，面面俱进。

女：好，往后多联系。

男：朋友相逢，今日长记。

三七四

餐间热烈，大家自如谈说。

厂长：俺说大伙相聚胜千美，

闯了江湖，惯了哟。

俺家乡泰山自不言美。

男：中国地大物博啰，

渊源文化囊括各类。

青年女：祖国是列车，

载文化瑰宝，稳稳驶牢呢。

饭毕，茶馆坐一路，

清心、舒意、畅谈。

厂长：俺知各位心里热乎乎，

千载难逢时，只一个字“干”，

往后大伙有难处找俺，俺不推阻。

男（对厂长、女）：你是厂长，这位也非一般，

女商场主，优势好互补。

青年女：大哥，你的掌也擦得热乎。

三七五

厂长：伙计们，前面摆着千万路，
来年来时好把进步争，
时势英雄，名利双福，
莫忘做个先行人。
男：老兄高见，合谱。
女（笑对厂长）：不丢传统精神，
我们也曾作努力，
我有今日当感激。

男：大家努力拧股绳，
共同幸福达目的。
厂长：志气是钢钢强韧，
中华大地风雷激。
女：日高路明好乘风。
青年女：长河浪涛好洗礼。
合：大中华，一家庭。
泰山骨，长记清。

乡 土 记

三七六

艺术节，落帷幕，
长庆城，溢光彩。
离长庆，心无着，
朋友啊，情难收。
别造明，相而约，
回路国道车道排，
若乘风，身起飞，
处处好若宾归。

行过平原接重嶂，
林草葱郁道曲弯。
真个好乘浪，
风清清，金飞漫。
数鸟鸣，鹰雁唱；
百年枫樟巢居连。
一条小巷淌流水，
小桥横，弯月眉。

三七七

高大石碑立山沿：
植树造林，绿化荒山；
爱林护林，人人当先。
满山林啊满坡花，溢芬芳。
一条马路通林间，
道间柔风送浪，
波波鼓入心田。
望一派大地丰收前。

青山泥土满垄香，
小巧楼舍隐绿丛。
一所学校旗帜扬，
高楼典雅中西融。
龙腾虎虎少年长，
略见一斑争大荣。
鲜花遍地万朵春，
正是姹紫嫣红逢。

三七八

长途客车嘟嘟来，
靓丽中巴快稳。
柏油路，山冲开；
商贾便捷经济增；
小康奔，呼之来。
领头雁，富裕人；
传帮带，共幸福；
怀抱愿景闯前路。

集镇连绵五里长，
百货食品建材摊，
个个接，翻新样。
红廊柱，绿门帘；
广告牌，明价量；
洁而净，雅致观；
集贸市，大拱门，
摩肩足，沸人声。

三七九

十字路陈闹街区，
太阳伞撑立街头，
黄红绿蓝青紫图。
店摊，点点溜溜。
老招牌，长来福，
开装新，走宽路。
城乡景，此融融，
楼外楼，街景同。

见来标语书于墙：
团结是胜利之本；
建设新农村，阔步奔小康；
百年大计，教育为本；
文明共建创辉煌。
触目新颖情生，
安排得体典庄，
走街口，浑身香。

三八〇

嘀，镇街无高墙，
间有建筑搭架叠叠，
工人施工紧张。
天转地旋无歇，
楼栉比，大商场，
掀动经济热。
工农多产稳阔步，
渡山水，不畏苦。

肩挑箩筐裸脚，
农民风采偶现。
扁担闪闪硬身腰，
山货热销怡然。
老者携幼观新潮，
幼童争跳若燕。
五颜六色新衣裳，
扮靓宽阔街上。

三八一

百米大桥横眼帘，
一条清江淌行。
九曲回肠出山原，
奔腾小镇渐平。
水清清，柳依依穿燕。
几个厂与江邻，
嚯，土特产品出国门，
创汇收入见增。

田野里飞出金凤凰，
金凤凰高飞九万里。
田野里掏出金宝香，
金宝香啊农人喜。
世世代代盼福康，
而今喜有自由意。
财富如泉出双手，
笑罢语惊众人口。

三八二

朋友且看，楼夹青堂瓦舍，
簇拥两岸恢宏，
江河婉转流不绝。
民楼崛起焕新容，
岂不心头热?
归心向大同。
频感文明福祉，
遍地香飘穗子。

过桥晤见一老者，
万丰屋场好把式。
昔日光景带头创业，
叱咤风云，踌躇满志，
集体精神铭刻。
紫日东升正赶时，
朵朵鲜花簇太阳，
万古长青倾四方。

三八三

老人耿怀信，忙与我招呼，
肩挑两个袋，上街卖买喜，
担不放，气不吁。
我问道：您老是否精神济？
老人笑罢亮手骨，
肌肉鼓鼓果有力。
谈说间一辆摩托戛然止，
儿子来了不觉知。

儿子招呼声，接过老父担，
三轮摩托挺带劲。
“上”“上”，轻声对父喊。
老人不自主，坐入了车心。
我会心一笑，快然！
小伙子顶头盔，扬手别行，
一溜风，一溜声浪，
鼓泛着大地胸膛。

三八四

嘟嘟起轻烟，
父子迅离疾。
路升上云天，
金路搭天梯。
好批虎生生的青年，
智勇双全满身力。
知识潜能指引手，
大浪涌，任性游。

上敬，小伙子之名，
堂堂皇皇，明明亮亮。
哦，晃现五年前情景，
上敬高中毕业使劲闯，
办个养鸡场，说来倒时顺。
好学，技术装了满膛，
奇巧，闪失最终没有，
创富，前路大有奔头！

三八五

上敬远近闻了名，
如虎倔劲高高涨。
另个美念占上心，
办来企业富家乡。
找上村长谈愿景，
风风火火里外忙。
长安食品厂速开办，
自动化机械满负荷转。

大米小麦出花样，
香喷喷，甜丝丝。
上门买货争入厂，
质量信誉双秉持。
长康牌，响亮亮！
出省门，正当时。
员工增至六十人，
团结一体生产稳。

三八六

风风火火为集体，
业务纷纷忙乎乎。
进销存间各管理，
点点滴滴莫疏忽。
上敬严谨文理细，
热心精进无私图。
千锤百炼一团火，
时间考验任凭说。

荣誉接踵而来啦，
目光如常心不骄。
愿作骏马阔步跨，
市场征途驾驭妙。
听听上敬的讲话：
人活着要值，经受风来浪淘，
对社会，对大众有所奉献，
才没枉活，没虚度光年。

三八七

一路领头朝前跑！
上敬鼓动增产收，
大伙劲足春天笑。
公积多来何所求？
上敬力主开新招，
外办分厂伸一手。
村上闻道尤欣慰，
群众闻道共感佩。

凤凰飞出山洼洼，
根发村镇叶繁茂。
借鸡生蛋好妙法，
鸡叫山巅传云霄。
闻香引逗蜜蜂啊，
乡里泥腿模样潇。
生意经念肚肚里，
山山岭岭走细泥。

三八八

常思幸福路，久有凌云志；
今来正逢时，意气冲云霄。
上敬道：大家步调一致，
不怕路泞，不管路途迢迢，
看准目标去冲刺，
嗯，胜利曙光见分晓。
人人为了多数人，
浑身自若幸福人！

职工讨论会，常有老经验，
知心话款款道。
创业史铭心间，
心中力啊汩汩抛。
稳立潮头敢领先，
职工爱厂好依靠。
亲如家，暖心房，
齐驱前路愿飞翔。

三八九

啊，青年！大有为，
希望之星烁穹空！
前进吧，不知退，
铜浇铁铸一身雄。
群众意志长敬畏，
设身行动心宽容。
众人愉乐甜己心，
幸福开门事业赢。

目标明朗脚未停，
桩桩事事形式淘，
大伙夸讲上敬行。
上敬道：你们是依靠！
一个人任凭三头六臂也难行，
大伙如海如山高！
大伙啊真正的英雄，
每个人心系事业，当创业立功。

三九〇

青春的火热的山城，
青春的美丽的国度！
大地勃发英雄的精神，
人人踏上梦寐的征途。
中华民族啊，
齐向胜利招呼！
嘹亮的歌子唱自少年，
一个队伍齐行在前。

闻之心动潮，
路人顿足观，
小队飞微笑，
天上现彩环。
风光任潇潇，
足可迷人眼。
美丽之世界，
色泽呈一格。

三九一

燃烧之火啊！
澎湃之热力。
茁之幼苗啊！
快将已出齐。
蓬勃意气啊！
遍地作欢喜。
创造新世界，
目标共迎接！

长征新始行，
万里艰与难。
全民共一心，
征途履宕坦。
豪迈炼斧釜，
冲刺岂有前。
光明灿烂日，
帝裔齐颂诗。

三九二

路过人工渠，
见诸大字碑。
遒劲字与句，
大事长记载。
水向百里入，
耕耘保灌溉。
烈烈昔日景，
锦旗飘飘迎。

万头攒大地，
银械群飞链。
天使燃火力，
成事俱无先。
胸怀创业意，
宏景齐描现。
当家做主人，
朝向丰收奔。

三九三

行至前路段，
字迹书墙壁：
改革促发展，
开放活经济。
缤纷镇人眼，
字有千钧力。
观之驻足久，
潜劲暗自有。

大道通四方，
金光耀其间。
前景日宽广，
战胜艰与难。
意气作飞扬，
理想巨石坚。
伟业永长青，
如日万古行。

憧
憬

三九四

世界之发展，
规律主其里，
无可作更变，
可贺同可喜。
谁之光新崭？
谁之思想力？
亿斯民一心，
齐思驱前行。

远图共描画，
众人执大笔，
谋事勿作假，
归真当卓立。
大志怀则佳，
弘扬国际义。
文明赴天堂，
世世代代旺。

三九五

纵观世界史，
和睦本为贵。
平等莫忽之，
忽之是亦非。
住行健衣食，
俱要作考虑。
精神之世界，
完美立无瑕。

人类之方向，
幸福与繁荣。
生命放光芒，
心底游飞龙。
光阴价高昂，
万勿拱手送。
芸芸之一员，
为民谋明天。

三九六

人生本平等，
源于广空间。
自然之一份，
大小自心观。
贵贱品德论，
芙蓉出漪园。
翠竹拔岩中，
炼性当如松。

人生之权利，
不可亵与渎。
生活时空里，
应须走大路，
自由以呼吸，
废气莫吞吐。
高风亮节志，
切记宜时时。

三九七

回想人之争，
非分逐名利。
面目或可憎，
心地久未洗。
污垢积数层，
躯体欲窒息。
若为正义求，
生命放光斗。

世界何复杂，
斑斓堪撩目。
欲得射光华，
奉献多自若。
价值岂弄假，
凡身风姿灼。
完美真巨人，
万古垂可承。

三九八

广袤大自然，
怜爱如珍宝。
草木皆命源，
明之当为要。
轻雨润如帘，
柔风拂是潮。
浪波吻地空，
风光弥壮雄。

万物逐平衡，
水自高流低，
木从弱处争。
高浪源风力，
风去浪岂存？
合心向澄碧，
谓之何美妙，
思维当登高。

三九九

物极则必反，
叶落发新芽。
枝茂根必繁，
蕾结自生花。
低高作运转，
平衡其中压。
心向必有求，
民意切莫丢。

一人一滴水，
须融大海中。
万顷碧波威，
联合增大容。
世物千万缀，
纷繁而一统。
物物相依托，
结生缤纷果。

四〇〇

意念若闪电，
人生万仞高。
今日莫等闲，
似如野马跑。
目标终不见，
成事难为找。
人之宝贵处，
须有业成玉。

仿如立高端，
眺望大世界。
恢宏之心天，
包容物如列。
性蔼情怡然，
神妙之美德。
世界盛于心，
触事慧觉明。

四〇一

莫道君行高，
更有高行人。
前途目标遥，
驱之勿停顿。
崎岖变坦道，
靠尔铁手身。
万事莫迟疑，
由之见心力。

现实与未来，
一树之两丫。
进军行步开，
七彩两道夹。
伟意终莫改，
烈烈奉献佳。
切勿专自利，
万万幸福喜。

四〇二

一晚生个梦，
爽快作翱翔。
飞身于太空，
仙驾把手扬。
大地照梦中，
柔风送甜香。
吸之人半醉，
直欲乐不归。

青山绿满眼，
明波堪宜神。
山水势相连，
造化美所钟。
通衢走车链，
渐见恢宏城。
布局极神丽，
泛泛洋喜气。

四〇三

络绎之行人，
慢行快步有。
观光览几胜，
美景晃心头。
摩天大楼登，
美园宜畅游。
情溢之天地，
眉梢可上喜。

文明称优美，
佳境俱将争。
众心合一归，
归于大同胜。
疾步去何为？
扬歌齐颂根。
快将六千年，
豪迈步不颠。

作于 1991 年 4 月—1992 年 8 月，改定于 2018 年 4 月

后　记

海　山

回首里的时光总是难忘且匆匆的，特定年月的一程未来也往往成为了永恒的记忆。在世间，伴随着伟大祖国的发展，社会与每一个个体的生命历程却与酸甜苦辣、悲欢离合随影而行。

时光回溯到二十世纪九十年代始初，业已经历了数年诗歌创作的青年我，萌生了创作长篇诗歌的念头，而目的便是记录当下和先前的时代。众所周知，社会历史的发展是丰富多彩的，人民因作为社会历史发展的主体伟大。而我当时的创作念头萌生谓之油然而发，绝无半点的牵强。那时我虽是豆蔻年华，却从孩童和少年时候的社会主义集体时代及其火热的集体劳动与丰收场景和生活中，从知青时代及其进入时代烙印下的启蒙与初级教育等后续时代一路看过来、走过来，懂得悟得的依然不少。这些脑海里的清晰铭刻的种种面貌故事为创作提供了一手来源。于是一般不外乎在每日工作下班后，别人一概走尽，而我独自坐在办公室旧式的藤椅上冥思苦想起来，创作这种每段八句、每节两段的诗歌来。这一过程往往艰辛而颇费思量，主要在故事情节及人物的塑造与每八句 ABABABCC 韵的把握上。经过几乎每日不间断长达两年的坚持，完成了原本意想中的创作。其间由于个人身体疲惫不适，我觉得有必要放下笔，于是一放约有十年之久。其时只创作了少量散文作品，稍后几年才陆续创作少量诗歌。

时间再晃过几年，至2007年，我着手整理曾经已发和未发的新短诗，2009年，由于得到几位亲友同窗的支持，湖南文艺出版社出版了我的第一本诗歌集《光明》，本书收入新短诗76首，分为《无量集》、《沉梦集》、《春之集》，另有约1600行的长篇诗歌《光明》，本诗歌集便得以《光明》命名，湘籍文艺评论家余三定先生作序。这是题外话的一个过程。

从2013年开始，我遂又开始整理九十年代搁笔时所作的长篇诗歌小说，本小说原稿有六百小节（每节十六句），我删去了近三分之一，留下的部分每一节的修正也近乎再创作，包括语言的表达修饰和韵脚韵词的选择，这个过程也大概经历了两年。完成后全部交付打印，并在两年间陆续出了三轮样稿，每一次均有一些修正，其间编排等得到岳阳方正印刷方新洪、黄旺荣伉俪多次的帮助。直到2018年的4月《世上行》才定型，全篇凡6448行，时间已距完稿过去了26年。

也在2018年的4月，在甘肃天水诗友何红的引荐下，我有缘结识了北京《新国风诗刊》的同仁，本人的组诗《太阳，我们的神》被华夏诗歌研究会及该诗刊评为年度优秀作品，而《新国风诗刊》的理论指导为著名诗人贺敬之老先生。5月本人受邀到北京参加新国风诗人节并接受作品颁奖。其间结识了诗社主编丁慨然先生、副社长兼编辑部主任冯霞女士伉俪，丁老系我国建国初期鄂籍著名诗人丁力之子，已是望八高龄，由于是一江（长江）之隔的老乡，直线距离不过百里，自然多了一份乡谊。会面期间，我们初步谈到了《世上行》的委托出版和作序事宜。在京虽短短几日，本某见识了来自全国各地的与会诗人朋友，且与著名作家萧军之子萧鸣先生（萧军研究会常务副会长，年近八旬）单独合影，见闻了岳宣义、石祥、朱先树、巴彦布、刘辉、郑伟达、颜石、赵福君等诗界耆老和峭岩、绿岛、张绍文、唐德亮等诗坛宿将，虽大部分未近接触，却受感获益匪浅。其间，本某与湖南李长鹰、江西姚丽蓉、陕西李炳智、军旅诗人康桥、北京雪石、王畅艺、宁夏邹鹏与陈建华、陈彦如母女、辽宁叶春秀、叶永峰（《诗海潮》总编、副主编）、山东李原野、王笛（《新国风诗刊》微篇平台制作编辑）、湖北唐禄生、曾少怀以及丁西等相识。

诗人节朗诵会上雪石声情并茂朗诵了本某的《世上行》中《春》的部分片段，大约是朗诵作品中诗句较多的作品，本某也亲自朗诵了《青年》。诗人节中途我们一行四十余人游览了京西的妙峰山，留下了难忘的记忆。这虽是题外的话，觉着有必要记录下来的。

回到湖南岳阳不久，六月的下旬，丁老为《世上行》所作的序已完成，由冯霞老师微信发过来。丁老这么大的年岁，在炎热的夏日，写作 2 千字的序言实属不易，我颇感动。最后我们共同确定《世上行》交由中国文联出版社审核出版，冯霞老师主要协调，具体文档校核及联络事宜则由新国风诗刊社赵均锤老师负责，书籍出版付印后除较大部分销售外，另将向国家图书馆和国内部分高校图书馆赠送。话及中国文联出版社，本人虽未有机缘见识诸位编者，但该社的文艺出版业绩在本某的印象中尚是熟识，对于他（她）们诸位完成的系列编审工作我一概表示衷心的感谢！

《世上行》的筹备出版得到了外界和亲友老师同窗的颇多关注或支持，有母亲石桔子、岳母袁莲英、姑母周群珍、胞妹周湘玲、周小玲、胞弟周新国、妻子冯学兰、女儿周逸真以及赵念、王洪伟、罗世平、尹晓明老师、黄玉兰、李新兰、骆年香、熊春兰、刘石夫、黄建文、许平亚、方斌英、彭四林、吴建新、杨德良、崔建国、彭泽遗、易金保、李和平、杨大明、杨小明、易小球、李大汉、李微微、李观罗、佘玉虎、陈干军、李小文、龙仙梅、姜胜荣、李海英、聂首艳、兰爱云、周建芝、殷爱平、李丹、毛颖君、胡凤兰、张小娟、张小英、彭萍、黄虹、李功义、张岳、曾永莲、李辉群、葛雪英、葛洪、王琴、龙丽英、万晓晖、邹龙龙、陈先进、王燕、李茂香、周蔚三、李五元、易雅丽、陈石元、周新亮、罗宗朝、曾祥林、施明艳、黄朝霞、王祝连、龚建国、杨贤德、孙国华、张卫明、刘庆龙、黄阳秋、冯春华、杨岳荣、罗菲、刘继武、许志秀、冯腊生、冯庆华、李平英、唐焱、刘萍、黄赛男、王玮、谈月娥、邓文芳、宋建华、许四清、谢巧萍、王细华、李明、杨心灿、彭年英、刘庆辉、付云华、周岳兰、万鑫、方君香、王小球、易平、赵蕾、刘香梅、龚忠于、万洁、万水平、方六元、谢雨星、兰勇、高华、彭石同、李文香、彭四河、汤爱宇、万惠芳、郭大革、方海兰、胡俊晖、方玲辉、张四强、赵华、李敏霞、赵兴云、喻帜文、李春虹、李确梅、鲁元香、彭仙娥、李建湘、莫佩芬、陈春蕾、许月英等等，在此一并诚谢！在此，还对王石生、江巨涛先生以及王庆荣、周志军、文伟军同窗亲友等再次表示感谢！且再次对胞妹小玲特别鸣谢！还有她的出版，也算是对曾经作为一个老兵、后退伍回岳、健在时屡逢人夸赞儿子写作的慈祥的父亲周坤池和远在天堂的儿子周泽人的一个纪念！

一部长篇作品是一个世界。应当说,《世上行》以忠于现实的基调与现实主义、浪漫主义融合的手法，全篇洋溢着历史主义、爱国主义、人文主义、理想主义精神，呈现出作为语言精华的诗歌多姿异彩的美。从我国近代、现当代长篇诗歌小说存量作品中放眼,《世上行》展现了其独特的共和国、中华民族及人民的情怀，闪烁着天人合一与人性的光芒。那么愿《世上行》的这个世界大抵可以长久地活在世间，其塑造人物与场景可以长久地活在人们的心中。